文春文庫

ハグとナガラ

原田マハ

文藝春秋

まえがきにかえて

「ハグとナガラ」が文庫化された理由

ずっと旅をしてきた。

アートの仕事に就いていたときは出張で、作家になってからは取材で、日本全国、世界各国を旅してきた。が、私の旅人生をもっとも豊かにしてくれたのは、旅友・御八屋《おはちや》千鈴《ちりん》の存在である。けったいな名前はもちろん本名ではなく、学生時代からのニックネームで、いつしか「旅人ネーム」ということになった。

四十歳になったのをしおに、私は思い切って会社を辞め、フリーランスになった。安定的な収入をなくしたが、有り余る時間を得た。そのタイミングで千鈴が「旅に出よう」と誘ってくれ、私たちの女ふたり旅が始まった。以来、五十代半ばに至るまで、日本じゅうのあちこちを旅して周り、気がつくと四十七都道府県を制覇してしまっていた。

生きていればおもしろいことばかりじゃない。避けて通りたくても避けられないことだってある。そのつど、私は彼女との旅で、むしゃくしゃする気分や悶々と思い悩むあれこれをリセットしてきた。作家になってからは、さまざまなアイデアを旅先で収集した。そのうちに、このふたり旅自体を物語にして残したい、と思うようになり、私自身と千鈴を「ハグとナガラ」というキャラクターに設定して、十年以上にわたって異なる媒体で発表してきた。それはいつしか不定期の連続短編のようになっていた。

ところが今年、思いがけず我らの旅路が阻まれてしまった。新型コロナウィルス感染の蔓延である。実際にはお互いに多忙になったり、親が高齢になったりして、なかなか一緒に旅をすることがかなわなくなっていた矢先に、とどめを刺された感じである。

旅をあきらめた私は、こんなときだからこそと、「ハグとナガラ」のシリーズを読み返してみた。なつかしい旅の風景、友と交わした会話の数々、思い出たちがこぞって蘇った。つなげて読むと、ハグとナガラが、色々難しいことがあっても、旅することを励みにどうにか乗り越えてきた、その軌跡がなんだか愛おしく、まぶしかった。作者が自著を読んでそんなふうに感じるのはどうかと思うが、正直、そうだった。

私は、旅することができないこんな時期だからこそ、読者の方々にこのシリーズをまとめて読んでほしいと思った。ハグとナガラと一緒に、本の中で旅をして、笑ったり泣いたり、ほっとしたりしてほしい。そんな思いで、各社の文庫本にすでに収められているものをこのたび一冊にまとめさせていただいた。今回初めてこの文庫に収録されたものもある。

この一冊で、ハグとナガラの長い旅路はいったん完結をみた。が、いつかまた、ひょっこりどこかで現れるかもしれない。人生が続く限り、彼女たちはきっと旅を続けるだろうから。

二〇二〇年　夏　蓼科にて

原田マハ

目次

旅をあきらめた友と、その母への手紙　11
寄り道　47
波打ち際のふたり　83
笑う家　113
遠く近く　137
あおぞら　163
解説　阿川佐和子　196

ハグとナガラ

旅をあきらめた友と、その母への手紙

宿に着く直前に雨が降り始めた。

タクシーのフロントガラスに、ぽつぽつと小さな円を描いて落ちてきた雫《しずく》は、やがて峠の森一帯に、あっというまに広がった。

風が山のふもとから追いかけるように上がってくるので、霧吹きで吹きつけられたように風景が白濁する。たちまち変わっていく里山の様子を、私は少し心もとない思いで眺めている。

やっぱり、今回はやめておいたほうがよかったかな。

目的地に到着するまえから、そんな思いが胸をかすめる。ふいに沸き上がった後悔は、突然の雨に似ていた。

「ああ、降り始めましたねえ。これじゃ、せっかくの紅葉がだめになっちゃうかもなあ」

運転手が、独り言のような口調で語りかける。

新幹線で三島《みしま》駅まで来て、伊豆《いず》箱根鉄道に乗り換えて三十分、電車に揺られてきた。終点の修善寺《しゅぜんじ》駅で降りてタクシーに乗りこんだときには、まだ薄日が射していた。私と入れ替わりに改札口からホームへと女性四人組が連れ立っていった。壮年女性二人と、その娘くらいの年代の女性二人は、山もみじがどんなに赤かったかを確かめ合いながら、旅が終わりに向かうのを惜しんでいるのだった。

山深い宿でのひとりぼっちの滞在が、せめて天気に恵まれますように。それなのに、祈り虚《むな》しくこの雨だ。

「さっきまで晴れてたのにな」

こちらもつい、独り言を装って応《こた》えてみる。運転手は笑って、

「まあ、山の天気ですからね。こんな具合で、ころころ変わるんですわ」

「そんなに高い山じゃないのに？」

「私もよく知らんのですが、このへんは地理的に雨が降りやすいそうなんです。なんやらじめじめしとるんですよ。晴れてたかと思うと、こんな感じで、雨がさーっと通るんですわ」

さーっと通る、というフレーズに、動物的なすばやさを感じて、わずかに愉快な気分になる。

他愛ないお天気話に力を得たのか、運転手が聞いてきた。

「お客さん、おひとり？」

私は窓に近づけていた顔を、ぱっと前に向けた。

「どういう意味ですか？」

バックミラーの中で私に向けていた目をあわてて逸《そ》らすと、

「いや、すいません。ヘンな意味じゃないですよ。あの宿へは、みなさん連れ立って行かれるのがほとんどなんで。おひとりのお客さんは初めてだったもんですから」

運転手はすっかり恐縮して、それきり黙ってしまった。

雨脚はますます強くなった。峠道のそこかしこで紅葉が燃えている。流れる風景の中で、それはまるで森に点《とも》る濡《ぬ》れた灯火だった。

宿の車回しにタクシーが到着すると、車のドアの向こうから大きな傘が差しかけられた。

「ようこそ、いらっしゃいませ」

バトラーと呼ばれる宿の女性スタッフが出迎えにきていた。予期せぬ傘が待っていたことに、少し心が明るむ。

「波口《はぐち》さまですね。お待ちしておりました。こちらへどうぞ」

旅のいつもの道連れ、リモワの銀色の小型キャリーケースをトランクから取り出し、バトラーに連れられて宿泊棟へと歩いていく。階段を上って、その中のひとつの部屋へ通された。

部屋で私を待っていたのは、いちめんに広がる雨の森の風景だった。

広々とした部屋の突き当たりがまるごと窓であり、その窓いっぱいに悠々と描かれた絵の具のまだ乾かない絵画のような風景が広がっている。森はところどころに紅葉を点らせて、黄、赤茶、オレンジ、赤、真紅と、鮮やかな呼吸をしているかのごとくである。視界のすべてを妖《あや》しく濡れた森に奪われて、私は無意識にため息をついた。

「ウエルカムドリンクをお持ちいたします。シャンパンなどはいかがでございますか」

記帳を済ませた私にバトラーが聞いた。アルコールが苦手な私は、発泡水を頼んだ。

やわらかなファブリックのソファに腰を落ち着ける。雨の音と、目の前を流れる渓流の音がする。そのふたつの水音が混ざって、完璧《かんぺき》な静寂を際立たせている。

この風景と静けさをひとり占めする。このうえなく贅沢《ぜいたく》なことなのに、もったいない、と思ってしまう。

ひとりじゃないほうが、いいんだけどな。

旅先で目にする美しい光景、新鮮な体験は、誰かと分かち合えたほうが、もっといい。自然と目を閉じる。雨に濡れた小鳥が森深い巣へ帰り着いたように、一瞬で眠りに落ちてしまいそうになる。

バトラーがワインクーラーに冷えたオレッツァを持ってきた。磨き上げられたグラスに彩りの森が映りこむ。その中に、弾《はじ》ける泡とともに澄んだ水が注ぎこまれる。

「あいにく、雨ですね」

さきに語りかけたのは、私のほうだった。バトラーはにっこりと笑って、ボトルネックを白いリネンで拭《ふ》き取り、静かにワインクーラーに戻しながら言った。

「ええ。けれど雨もいいものです」

その言葉は、そのまま私の心のもやを洗い流す清らかな雨そのものになった。

旅先で、ナガラのことを思い出す。

それは不自然なことだった。

なぜなら、私の旅には、いつもナガラが存在していたから。

長良《ながら》妙子《たえこ》、大学時代からの呼び名はナガラ。食べながらしゃべる、寝ながらしゃべる、温泉につかりながらまたしゃべる。ナガラは名前そのままに、いつも何かしながらおしゃべりし続けるような、とにかくにぎやかな友人である。

いつからか年に三、四回もナガラと旅をするようになっていた。

きっかけは、私の失業にある。

五年ほどまえ、都内の大手広告代理店に勤めていた私は、三十五歳で課長職にまでこぎつけていた。三十八までに結婚、四十までに部長に昇進、さらにがんばって四十三までに出産して女児に恵まれ、故郷でひとり暮らしの母を呼び寄せて育児を任せ、さらに上を目指す——とかなり無理もあるが自分なりに究極の人生設計図を描いて、とりあえず軌道に乗ったと意気揚々としていた。五年間付き合った彼もいることだし、男女産み分け法などもこっそりと研究したりしていた。

思ったとおりに人生を生きていける人間が、いったいこの世の中にどのくらい存在するだろうか。そして、なぜ自分はそのごく限られた中のひとりなんだと信じることができたのだろうか。

振り返ってみると、人間という生き物は、調子のいいときには調子のいいこと以外、まったく考えないものだとわかる。ほんのささいな出来事をきっかけに、うまくいっていたすべてのことが、ドミノ倒しのように連鎖して反対側に倒れていくことなど、ちらりとも想像できないのだから。

最初のつまずきは、彼との別れだった。「おれは君の成功のアイテムじゃないから」と告げて、私のひとりよがりな計画を見抜いたように去っていった。五年もかけて育《はぐく》んだ関係は、五分足らずの電話であっけなく終わった。

それから仕事がうまくいかなくなり、プロジェクトも空回りし、チームの信用を失っていった。立場をなくした上に、人間関係に疲れ果て、結局退職せざるを得なくなった。

成功させようと丹精こめて育ててきた私の人生。

どうしてこんなに、あっけなく転落してしまったのか。

順調に仕事をしているときは、「毎月失業保険料を払うなんてほんとムダ」などと平気で文句を言っていたくせに、いざ給付金頼りの身になると、そのありがたさがよくわかる。

同時に、社会に吹きすさぶ逆風の強さも身に沁《し》みてわかった。再就職しようにも、「三十五歳まで」の年齢制限に引っかかる。ハローワークに通ううちに、私は三十六歳になってしまっていた。

郷里の母への仕送りもできなくなった。どう言い訳しようかと迷ったが、思い切って正直に話すと、拍子抜けするほどけろりと母は言った。

「こっちのことは気にせんで。年金もあるし、パートも続けるし。あんたからの仕送りは、全部貯めてあるんやで」

ずっとまえ、あんたの結婚資金にとってある、と打ち明けられたことを思い出す。そのときは、いいことを聞いたと思った。けれどこうなってみると、いっそう情けなくなった。

なんだかずいぶん、自分勝手に生きてきたんだな。

母にも彼にも会社にも、一方的に「うまくいっている私」を押しつけてきたんじゃないか。

誰にも文句はないはずだ。私はこうしてうまくいっているんだから、これでいいんだ。そんなふうに思いこんでいた。

誰も何も言わなかったのは、私が何も言わせなかっただけなんじゃないか。ようやく気がついたときには、何もかもが終わっていた。

そんなとき、何気なく入ったメールがあった。

ナガラからのメール。いつも陽気な彼女らしく、「旅に出よう」という件名だった。

FROM：ナガラ
SUB：旅に出よう
元気？　なんでだかわからへんけど、今朝起きたとき、あっ、旅に出よう！　と思いました。同時にこれまたなんでだかわからへんけど、一緒に行く相手は、ハグや！　とも。
『会社を辞めた』ってメールから、しばし時間が経過したよね。
もう、行けるかな。そろそろかな。

ね、行かへん？　どこでもいい、いつでもいい。

一緒に行こう。旅に出よう。

人生を、もっと足掻《あが》こう。

それで、旅に出たのだった。ナガラと。

大学時代の親友で、小豆島《しょうどしま》出身のナガラは、卒業後、大手証券会社の大阪支社に就職した。以来十余年、あまり波風の立たないお気楽ＯＬ生活を送り続けている。結婚しそうな彼もいたが、何年か前に別れてからは浮いた話もないようで、お菓子教室に通ったり食べ歩きをしたり、食いしん坊でのんきな彼女らしい、ごく普通の人生を歩んでいる。

大学を卒業して以来、実に十四年ぶりに、私たちは旅に出かけた。ナガラが私の住む東京までやってきて、都内のシティホテルに一緒に一泊。それから湯河原《ゆがわら》、箱根と、電車とバスとタクシーを乗り継いで回った。

ナガラには地道な会社員生活で築き上げた貯蓄があるだろうけど、私のほうは失業中の身で、散財には躊躇《ちゅうちょ》が伴った。それでも古い友人とのひさしぶりの旅は、鬱屈《うっくつ》する日常からたちまち私を解放してくれた。豪華な旅館に泊まったわけでもなく、贅沢づくしのご馳走《ちそう》を食べたわけでもない。ただよくしゃべり、よく笑い、よく食べ、よく眠った。

すべてがおおらかで、なにもかもが許されていた。

かつて彼と出かけたデザインホテルや高級旅館で、こんなふうにすっかり心身を解き放ったことは一度もない。出かけるまえから服装や持ち物や下着に気を遣い、話し方も態度も「彼が愛する女」を逸脱しないようにある程度の演技が加わる。恋愛中の女というのはそういうことも含めて楽しんでいるには違いないのだが、とにかく家を出てから家に帰りつくまで気が抜けないのだ。

「ねえ、ハグ。私ら、女に生まれてよかった。そう思わへん？」

旅の終わりに、ナガラはそんなことを言った。

「なんやの、それ」

私の出身は兵庫県姫路《ひめじ》市である。芦屋《あしや》に住むナガラとの会話は、自然と関西弁になる。

「だってさあ。もしも私ら男同士やったらどう？　こんなふうに一緒に旅に出て、温泉宿に一緒に泊まったりでけへんのと違う？　私らは気にせえへんでも、周りからミョーな目で見られてしまうやん」

私は笑い出した。ナガラはこんなふうに、のんびりした口調で突拍子もないことをときどき言い出すのだった。

「ほんまやね。女同士、誰にも文句は言われへんし。母と娘、姉と妹、女友だち、全部しっくりくるなあ」

「せやろ？　父と息子、兄と弟、男友だち。全部怪しい」

私たちは、声を合わせて笑った。バスがちょうど、峠のカーブにさしかかったところだった。私たちは同じ方向へ大きく身体を倒しながら、いつまでも気持ちのいい笑いが止まらなかった。新緑の季節で、眼下に広がる青葉がまぶしかった。遠くにウグイスのさえずりが聞こえていた。

あれからもういくつの季節を、いくつの土地へと旅してきただろう。

早春の東北。山形、酒田《さかた》、雪の雛《ひな》街道へ雛人形を見に出かけ、すべって転んで、笑った。

東北の遅い春。桜を追って、盛岡、北上、角館《かくのだて》、弘前《ひろさき》。人ごみのなか、花吹雪にどこまでも迷いこむ。広島、山口、萩《はぎ》、津和野《つわの》。SL列車にも乗った。

夏の裏磐梯《うらばんだい》、湯治の宿。硫黄《いおう》の匂いの中、揚がったばかりの鮎《あゆ》の炉端焼きに舌鼓。北海道、じゃがいも畑、花畑、どこまでも終わらない道をレンタカーで走り続ける。

秋の京都、きのこづくし、お寺巡り。長野、松本城下の手打ちそば。いちめんの紅葉、田舎のバスで居眠りする。

冬の九州、有田《ありた》の窯巡り。長崎、鹿児島、熊本、博多。行く先々に名湯があり、美味がある。

ナガラには、私という自我を押しつける必要がなかった。そんなことをしなくても、友はいつも風通しよくドアをいっぱいに開けてくれていて、すんなりと素の私を受け入れてくれるのだ。

会社勤めをしていた頃の私の、なんと虚勢を張っていたことか。大企業の肩書きを使えば、誰にでも会える、お金も使える、どんなことでもできると高をくくっていた。肩書きを失ってみて初めて、私は個人である自分を意識した。

そうこうしているあいだに、私はぽつぽつと広告の仕事を受けるようになり、いつのまにかフリーの広告ディレクターになっていた。気がつくと、人生のやり直しを始めていたのだ。

少しずつだが、故郷の母に仕送りも再開した。

ナガラとの旅を一区切りに仕事をこなすのは、いい励みだった。旅は三、四ヶ月に一回程度だったが、「次の旅行までに」とがんばれる。

会社に勤めていた頃の私は、人生の大きな目標を達成するために日々を積み重ねていた。が、その目標は大きすぎ、遠すぎた。

目先にぶらさがったニンジンを追いかけて馬は走る。すぐにかぶりつけるニンジンが欲しくて走るのは、楽なことではないにしても、とてつもなく大変なことでもないのだ。人生の成功者と言われなくても、目の前の五十メートルを全力で駆け抜けるのだって、十分気持ちいいじゃないか。

そんなふうに思えるようになった。

まだまだ遠くにあった四十歳も、気がつけば目前に迫る。それはそれとして、とりあえず、もう少し。

人生を、もっと足掻こう。

ナガラの誘い文句は、私の胸にいつまでも心地よい和音を残した。あの日のメールの、最後にひょこっと添えられていたひと言。

あれからずっと、私のささやかな人生を照らす、微《かす》かな、けれどあたたかな明かりになっている。


部屋のテラスは渓流に向かって水平に広がっている。そのテラスに、寝そべって入るのにちょうどいい大きさの露天風呂《ぶろ》がある。

雨の森に向かって、服を全部脱ぎ捨てる。大きな窓をぐっと押すと、音もなく横滑りに開いた。そこから全裸でテラスへ出る。雨粒が肌をぽつぽつと打つ。透明に脈打つ湯のなかに、息を止めたまま身体を沈めていく。

肩まで沈みこんで、ようやく止めていた息を放った。頭頂からつま先まで、とろけるように湯がしみわたる。

色調豊かな彩りの木々は、漂い始めた夕闇にごくゆっくりと紛れこんでいく。雨で増水した渓流は茶色く濁って、いっさいを押し流す勢いで走っている。激しい水流音は一帯を支配して、いっそ静寂を際立たせていた。

湯船から、明かりの点《とも》った部屋の中が見渡せる。テラスに面した大きな一面の窓には、夕闇の森が黒々と浮かび上がっている。旅にはいつも持参している携帯用目覚まし時計を、ベッドサイドテーブルに出しておいた。その針が、五時少しまえを指しているのが見える。長針が一周するくらい、私は長風呂を決めこんだ。

ときどき湯船から上がって風呂の縁に腰かけると、雨粒が背中を打つ。晩秋の夜気と水滴にさらした身体を、再び湯船に沈める。何度も何度も繰り返して、すっかり温まった。

柔らかなタオルで水滴を拭《ふ》き取り、全裸の身体を洗面所の鏡の前にさらしてみる。そんなに太っているわけではないが、かつてのほっそりしたラインは見る影もない。肉は重力に逆らえないものなのだ、と少々自暴自棄になる。

気を取り直して、メイクにかかる。湯上がりのせいだろう、ファンデーションがよくのびる。頬紅を差すと、顔はたちまち娘のように明るくなった。

リモワのキャリーケースから、ディナー用のワンピースを取り出す。襟ぐりが大きく開いた黒のウールだ。スパンコールが縫い付けられたカシミアのショールを纏《まと》う。代理店時代に買ったシャネルの黒いセカンドバッグを持ち、フェラガモのバックストラップのパンプスを履く。

ひとりで食事なんて、と思っていた。けれどこうして装えば、華やいだ気分になってくる。

到着時に差しかけられた大きな傘を、夜の雨の中に広げる。ゲスト専用のダイニングは宿泊棟とは別棟にあったが、雨に濡《ぬ》れていってもいいくらいの近さだった。

巨大なピクチャー・ウインドウを背景にして、オープンキッチンとその前のカウンターが室内いっぱいに広がっていた。そんなに大きな空間ではないはずだが、十分に高い天井と全面のガラス窓で解放感がある。窓の向こうは夜の森だが、ところどころが白い照明でライトアップされ、濡れた枝葉が浮かび上がっている。オープンキッチンではシェフとスタッフがきびきびと動き、宝石を載せたように見える料理の皿を次々と運ぶ。

さながら祝宴の準備をしているかのようだ。

カウンターでは熟年夫婦とおぼしきカップルや、母娘《おやこ》らしい二人連れが笑顔で杯を交わしている。白いシャツに黒いベストの案内係が、笑顔で迎えてくれた。

「こんばんは、波口さま。どうぞ、こちらのお席へ」

背中をしゃんと伸ばして、彼女の後についていく。誰が見ているわけでなくても、ひとりだからって縮こまるのは嫌だ。ひとりだからこそ、堂々と、大人の女らしく見栄《みえ》を張りたい。

通されたのは、ダイニングの中央、シェフの目の前のカウンターの席だった。その瞬間、勝利にも似た高揚感を覚える。

ナガラとの旅の最中、何度かホテルや旅館のダイニングで、女性のひとり客を認めたことがある。そのつど、私はもの寂しい気分になった。彼女たちは一様に、縮こまって下を向き、本を読んだりメールを打ったりしているのだった。そして決まって部屋の最も目立たない、もっとも地味な、誰の視線も及ばないようなテーブルやカウンターの隅に通されているのだった。

「ああいうのは、旅人の品格もやけど、宿の品格も疑うわ」

あるとき女性のひとり客をみつけた私は、ナガラにこっそりと言った。

「女ひとり旅するには、それなりの覚悟と理由があるわけやん？　それを遂行してるねんから、女のひとはもっと堂々としたらええねん。宿もわかってて受け入れてるんやったら、一番いい席に座らせてやるべきやん」

「ほんでも、ほっといてもらいたい思うてるひともいてるんと違う？」

ナガラは私が息巻くのに、少々温度差を感じているようだった。

「ほっといてもらいたくても、邪険に扱ってもらいたいわけやないやろ。ひとりやねんし、特に大切に扱ってほしいはずよ。それを吹きだまりみたいなとこへ座らせるなんて、ひどい話やわ」

「ほな、自分がそうされたらどないするん？　ひとり旅して、末席に通されたら」

「その場で支配人呼んで聞いてやるわ。『なんで末席に通すんですか？　その理由を聞かせてください』言うて」

ナガラは笑い出した。

「むちゃくちゃ迷惑な客やね」

「でも正しいやろ？」

「うん、正しい。あたしもきっと暴れる。『あたしひとりです、大事にしてほしいんです』言うて」

けれど今夜、通された席次第では異議申し立てする勇気があったかというと、そうでもない。

だから、もっとも華やいでいるカウンター席に通されたことを、私は自然と誇りに思った。もっとも、私にひとり客の品格があったかどうかはわからないが。

「お酒はお召し上がりにならないと伺っています。甘口の食前酒などもございますが、いかがいたしましょうか」

ソムリエがさりげなく聞いてきた。私は「せっかくですが、オレッツァを」と答えた。こんなとき、下戸《げこ》なのは寂しいものだが、飲めもしないくせに酔っ払って至福の滞在を台無しにしたくもない。

グラスを持ち上げて、誰にともなく心の中で、乾杯、とつぶやく。喉《のど》から胃の腑《ふ》へ落ちていく発泡水は、急に空腹であることを思い出させた。

待ち遠しい最初の皿が出てくるまでのあいだ、私は持ってきた本も開かず、携帯もチェックせず、キッチンで着々と行われている調理を、厳かでにぎやかな祝祭の作業をただ眺めていた。つややかな野菜や新鮮な魚が、瞬く間に皿の上で花開いていく。駿河《するが》湾・メヒカリの燻製《くんせい》、清水《しみず》・本鮪《ほんまぐろ》のタルタル、鶉《うずら》の黄身添え。この三つは、最初の一口アミューズ。

続いて温野菜。栗のスープ仕立て、茸《きのこ》のラビオリ仕立て。秋トリュフの薫りで。駿河湾・黒ソイのアラバプール、黄柚子《ゆず》のブイヨン。

メインは静岡和牛ロース肉のグリエ、山葵《わさび》添え。

白い大振りの皿に盛り付けられた野菜や魚や肉料理は、繊細な彩りと香りをまとった芸術品そのものだった。華々しい席に座った緊張感は、料理を口にしたとたん、興奮にすばやく変わった。

「おいしい」

思わず独りごちると、シェフが顔を上げて微笑した。私は黙って目礼をする。あちらは軽く頭を下げた。

料理人とゲストのあいだに、ほどよい距離がある。ひとりの私をほうっておく距離ではない。見守ってくれる距離だった。

いい気分だった。自然と微笑がこみ上げるような。

ひとりで来たことに、もう後悔はなかった。

けれど、友を連れてこられなかったことを悔やんでいた。

「ごめんね」という件名のメールがナガラから入ったのは、旅の三日まえだった。メールの内容は、予期しないものだった。

FROM：ナガラ
SUB：ごめんね

今回の伊豆旅行、ほんとに残念だけど、あきらめます。

実は先週、郷里の母が脳梗塞《のうこうそく》で倒れてしまったんだ。すごく元気だったのに、とにかく驚いた。幸い、発見が早くて、命に別状はなし。ほっと胸を撫《な》で下ろしています。

そんなわけで、いま、実家近くの病院にいます。今週いっぱい様子をみて、あとは親《しん》戚《せき》に頼んで、とりあえず職場復帰しようかと。私がいなくても仕事は回っているんですが、やっぱり長年勤めた職場なので、あまり迷惑もかけたくない。ただでさえ、ハグとの旅行でしょっちゅう休んでたからね。まあ、風当たりはキツい（笑）

考えてみると、父が他界してからは母をほったらかしで。母に会うよりハグに会う頻度のほうが高かったし（苦笑）、まったく親不孝もんです。

伊豆旅行、不都合なければひとりで行ってみてください。憧《あこが》れの宿だし、どんなだったか教えてや。ひとり旅の様子も含めて。それで、自分も行ったつもりになるから。

小豆島は秋まっさかりです。母の病室から見えるもみじがやたら赤ぃ。しみます。

すぐに電話をした。繋《つな》がらなかったが、五分くらいしてかかってきた。

「びっくりしたよ。お母さん、だいじょうぶ？」

思わず深刻な声を出したが、ナガラのほうはいつもののんきな声だった。

『ああだいじょうぶよ。いま病院やねんけどね。旅行のこと、ほんまごめんね』

「そんなこと。そっちのほうが大事やねんから気にせんとってよ。でも発見早くてよかった。うちの父親も……」

言いかけて止めた。私の父は、脳梗塞で十年以上まえに他界したのだ。それをナガラも知っている。

『そうやったね。うちの父は心筋梗塞やったけど……ほんま、成人病はこわいな。私らも気をつけんと』

少し声のトーンが落ちたが、すぐに明るく続けた。

『まあ、私らもそういうことを話題にするお年頃になったんやな。認めたくはないが』

私は、弱々しく笑うしかなかった。

『とにかく、一緒に行けなくて申し訳ないけど。ハグは行ってきてよ。あの宿、超人気やから、何ヶ月もまえから予約したゆうてたやん』

即答できなかった。

確かに、かなりまえから狙いを定めてようやく予約できた宿だ。それに向かって仕事もがんばってきた。キャンセルするにはあまりにも惜しい。けれど、ひとりじゃつまらない。だいいち、看病しているナガラをさしおいて、私だけ楽しむなんてできない。

戸惑う空気を感じたのか、ナガラがいつにも増して陽気に言った。

『ほら、いつか言うてたやん、〝女ひとり旅〟。ハグも旅の上級者やし、そろそろ挑戦してみてもええのんと違う？』

「でも……」

やっぱりできない、と言いかけた。それよりさきに、ナガラが言った。

『行ってきてよ。あたしも一緒に行くから。心だけは』

その言葉に、背中を押された。

伊豆箱根鉄道のがらんとした車両に、修善寺温泉へ向かうのであろうカップルやグループが何組か乗り合わせた。

二十歳そこそこの初々しいカップル。ミニスカートに帽子姿の彼女と黒いピーコートにジーンズの彼は、しっかり手と手を握り合って、携帯をのぞき合ったりガイドブックをあちこちめくったりして、ずっと笑い転げている。

通路を挟んで反対側のシートには、六十代とおぼしき女性四人。車窓を流れる風景の端々をとらえては、立派な家だの面白い看板だのと口々に評価している。やっぱりこちらも、ずっと笑い転げている。

人生の真昼と黄昏《たそがれ》を、それぞれに、笑って旅をしている。

私はひとり、座席の肘《ひじ》掛けに頬杖《ほおづえ》を突いて、人生の真昼でもなく黄昏でもない、けだるい午後三時あたりを、いまこうして旅をしている。

完璧《かんぺき》な静寂は、豊かな眠りをもたらしてくれた。

よく眠った。ライブラリーから借りてきた『伊豆の踊子』を半分くらい読んだところで、すとんと眠りに落ちた。それっきり、朝まで一度も目を覚まさなかった。

雨はすっかり上がっていた。

ゆうべダイニングから帰ってきたら、部屋のドアノブにてるてる坊主が下がっていた。ひさしぶりに見たので面白く思い、テラスの手すりに下げておいたのだが、はたして効果があったようだ。

晴れた森はどんな言葉も奪い去るほど美しかった。昨夜の雨が残る重たげな枝葉は、朝日を受けてひとつ残らず輝いている。眠たい目をこすりながら、私は再び森に向かってパジャマを脱ぎ捨てた。窓を全開にする。すがすがしい森の匂いと冷たい山の空気が流れこみ、部屋の隅々までを清らかに満たす。

全裸でテラスへ歩み出る。

熱い湯に、ゆったりと身体を沈める。頭の芯《しん》がつんとする。命が吹きこまれるようだ。

昨日、茶色く濁った水がうねっていた川は、おだやかな清流に変わっていた。雨が降っているのとそうでないのでは、風景はこんなにも一変するのだ。

晴れ晴れと冴《さ》え渡る青空は格別に気持ちのよいものだったが、それでもそれは、雨降りを過ごしたからいっそう気持ちよく感じるに違いなかった。

人生に、似ている。

そんなことを思った。

雨降りの長い人もいるだろう。雨降りを避けて、旅に出る人も。

旅に出たら、雨降りだったという人も。

ふと、母のことを思い出した。

母は、雨の湿っぽさが微塵《みじん》もない人だ。

そういえば父を失ってから母の泣いたのを見たことないな、と思ったが、考えてみると、母の泣くところをしょっちゅう見られるほどには、私は帰省していないのだ。私が帰ってくる日。それは、母の晴れの日なのだ。雨の日に、私は決して帰らなかったのだ。

文字通り、盆と正月にしか帰らない私を迎えて、母はいつもいっぱいに私の好物を作り、風呂《ふろ》をきれいに掃除して沸かし、私の手土産を父の仏壇に供えた。テレビのお笑い番組を見てはころころ笑い、買い物に出かけては必要のない靴下だのお饅頭《まんじゅう》だの買ってくる。まるで少女のようにはしゃぐ母に、私は密《ひそ》かにあきれたものだ。

あんたが帰ってくれば、嬉《うれ》しくて。

台所で味噌汁《みそしる》の具を刻みながら、後ろ姿でつぶやいていた。

あれは、いつのことだったろうか。

湯から上がって、化粧をし、ジャケットを手にセーターとジーンズでダイニングへ出かけた。私は早起きだったんだろう、カウンターには品のいい老夫婦が一組、座っているだけだった。

「雨が上がりましたね」

新鮮な牛乳とオレンジジュースを運んできたスタッフに、私のほうから話しかけた。

彼女は弾《はじ》けるような笑顔になった。

「はい。気持ちよく晴れました。嬉しいですね」

ほんとうに嬉しそうに言うのだった。

焼きたてのシナモンブリオッシュを頰張る。自家製のジャムも温野菜もソーセージも、すべてに丁寧な味わいがあった。時間をかけてコーヒーを飲み、新聞にゆっくりと目を通す。東京にいればあわただしい朝だが、旅先ではもっともくつろぐ時間だ。

自家製ジャムと銀色の缶に入った黒豆茶をショップで求め、ジャケットを羽織って、ぶらぶらと表通りへ出る。

ちょうど、修善寺駅行きのバスが、目の前のバス停を通り過ぎたところだった。オレンジ色とクリーム色の配色のバスは、どこか懐かしい風体をしていた。車窓の中には人影が見えなかった。

日曜日の朝九時まえ。峠の道を歩く人間は、私だけだった。しばらく行くとタクシーの停留所があり、その向こうに橋がかかっていた。タクシーの停留所では、ドライバーがふたり、車の前にしゃがみこんで何事か話している。目の前を通り過ぎる私を、ふたりの視線が追いかけてくるのがわかる。私はそのまま、橋に向かった。

橋の上から見渡すと、風景はまた変わって見えた。渓流がさらさらと流れ、一方には紅葉の燃える森の山が迫り、一方には鄙《ひな》びた温泉宿の勝手口が見える。

私の宿は見えなかった。が、もしここから見えたら、裸でテラスに出たのが丸見えじゃないか。あたりまえだ、とおかしくなった。

川の土手近くで、男が落ち葉を燃やしている。その青白い煙が消えていく先を目で追いかけていると、メールの着信音が鳴った。

ジャケットのポケットから携帯を取り出す。ナガラからだった。

FROM：ナガラ

SUB：どう？

おはよう。そっちはどう？　宿は、噂どおりの居心地ですか？

こっちはいい感じ。あのね、母が起き上がったよ。少ししゃべれる。もごもごして、何言ってるかいまいちわからへんけど。

おかしなもんやね。母が元気なときは、帰らないどころか、電話もしない、手紙も書かない。それがこうして、朝、目を覚ましてくれた、起き上がってくれた、手を動かした、しゃべった、なんて、もういちいち喜んでるんやから。

ほんまに私、アホちゃうか（笑）

ここで、ぷっと噴き出した。長いメールは、まだ続いている。

まあ、頼りのないのはいい知らせ、ゆうからな。

「『便りのないのは』でしょ」

思わず突っこんでしまった。続きを読む。

ずっとそう思って、用事がなければ連絡もせず、気がついたら島を出て二十二年も経ってしもとった。きのう寝るまえに指折り数えて、びっくりしたわ。そりゃあ、母も年を取るわけだ。っていうか私もやけど（苦笑）っていうかあんたもやで、ハグ！

「余計なお世話や」

くすくす笑いながら、小さくつぶやく。

しかしまあ、うちのお母はんの生命力には驚かされる。他の人がどうかはわからへんけど、うちのお母はんはすごい。生きてくことをやめそうにない、前向きな力を感じる。なんでやろね。お母はんは、ずっと農業一筋、それがよかったんかな。そうも思ったんやけど、ふと思いついた。なんがすごいて、お母はんは、母親なんや。命を育《はぐく》んだ人なんや。

そう気がついて、なんだか私、えらいびっくりした。

母親ってすごいことなんやな。ちょっとやそっとのことじゃ、負けないようにできてるんやな。私は母親になったことがないから、それに気がつかへんかったんやな。って、あんたもやで、ハグ！

なんやら長々書いてしまった。まるで一緒に旅してるみたいに思って（笑）つい目の前のハグに語りかけてしまいました。

私は無意識に、こくん、とひとつ、携帯に向かってうなずいてみせる。

ハグ。私、しばらく一緒に旅できへんかもしれへん。

当分、休みの日は島に通おうと思う。とにかくしばらくは、母のそばにいてあげよう思うてる。

ほんまは、そばにいたかてなんも役に立たないんやけどね。それでも親戚《しんせき》のおじさん、おばさんは「妙ちゃんがいてくれるだけで、お母さん笑けてるで」言うねん。なんやそれ。存在自体がお笑いか私は。まあ、そうかも（苦笑）

そんなわけで、ちょっとのあいだ旅の休業宣言。せやけど、絶対復活するで。次の目標は、いま、ハグがいてる宿よ。そこに今度行くときは、私も連れていってよ。

それを楽しみに、仕事、島通い、母のリハビリ、励みます。

ハグもがんばりや。でもって、旅を続けてや。あんたはひとり旅でもわりかしかっこいいんやからね。

実はずっとそう思ってた。でも言わへんかった。私を連れてってくれへんようになったら困るし（笑）

近い将来、ふたり旅、きっと復活できると信じてます。

ってもう指疲れた。このへんでいいかげんやめときます。

相変わらず、母の病室から見えるもみじが赤い。しみます。涙が出ます。

私は携帯電話のフラップを閉じた。

長いあいだ握り続けていた携帯は発熱していた。ポケットの中で握りしめると、冷え切った指を温かくした。

その場で返事をメールするには、指がかじかみすぎてしまった。

部屋に戻って、テラスの湯船にしばらく両手を晒《さら》した。ソファに腰を落ち着けて、携帯を開ける。もう一度、ナガラの長いメールを読んだ。もう一度。さらに、もう一度。

長いこと考えてからメールを打ちかけて、手を止める。

テーブルの上に、赤茶色の革の文箱《ふばこ》が載っている。

きのう開いてみたとき、便箋《びんせん》と封筒が入っていたのを思い出す。

一面に燃え上がる紅葉に背を向けて、私はデスクに向かった。デスクランプを点《とも》し、便箋を広げる。すぐに書き始めた。

ナガラのお母さまへ

大変ご無沙汰《ぶさた》しています。ナガラの大学時代の友人、ハグです。

覚えていらっしゃいますか？　学生時代には、何度か東京でお目にかかりましたね。

新宿でカレーライスをご馳走《ちそう》になったこと、いまでもよく覚えています。だって特別においしかったし、とても楽しかったですから。

お母さん、このたびは大変でしたね。心よりお見舞い申し上げます。

けれど、めきめきと調子が戻ってきているとのこと、ナガラから伺っています。

病は気から、と申します。人生の先輩に、生意気なことを申し上げて恐縮ですが、お心を強く持って、どうか元気になってください。ナガラは、口には出さないかもしれませんが、お母さんをとても大切に思っています。ナガラのためにも、必ずよくなってください。

最近、ナガラと私は、ほんとうによく旅をしていました。

仕事がどんなに大変でも、嫌なことがあっても、人生なかなかうまくいかなくても、ナガラと旅をして、しゃべって、笑っていれば、たいがいのことは吹っ飛びました。

私は、ナガラの友だちでほんとうによかった。

ずいぶん、支えてもらいました。だから今度は、私がナガラを支える番です。お母さんがよくなって、ナガラにいつもの笑顔が戻ることを、どんなことより願っています。

いま、伊豆に来ています。美しいところです。そちらの部屋からももみじが見えるとナガラが言っていました。ここのもみじは、きっとその百倍の量です。元気になったら、ナガラと一緒にいらしてください。この風景を、ふたりに見せたいので。

そのときがきたら、電車に乗って参りましょう。三島駅から、伊豆箱根鉄道で、修善寺まで。そこからタクシーで二十分。きっと、秋がいい。春でも夏でも、冬でも。

この風景の中で、おしゃべりしましょう。おいしいものを食べて、ゆっくりお湯につかりましょう。たくさん笑いましょう。全部、ご一緒に。

そして、そのときはきっと、私の母も呼びたいと思っています。

お母さんと母、ナガラと私、四人そろって旅をしましょう。

一日も早い回復を、心からお祈り申し上げます。

波口喜美《よしみ》

追伸――生意気ついでに、もうひとつ。

ナガラと、そしてご自分のために、人生を、もっと足掻《あが》いてください。

車回しにタクシーが到着した。

リモワのキャリーケースが、トランクに収まるのを見届けてから振り向く。

「お世話になりました」

隣同士に並んだ支配人とバトラーが、笑顔になる。

「ありがとうございました。どうかお気をつけて」

後部座席に乗りこみかけて、もう一度振り向く。

「さっきの手紙。出しておいてくださいね」

「かしこまりました。本日中に、お出ししておきます」

私はうなずいて、タクシーに乗りこんだ。

「今度は、友人と来ます。必ず」

そう声をかける。

「お待ちしております」

車窓の向こうで、ふたり同時に深々と頭を下げた。こちらも頭を下げたが、車がぐるっとカーブをしたので、そのままシートに横倒れになった。

「晴れましたね」

聞き覚えのある声がする。

バックミラーの中の目が微笑している。行きと同じ運転手だった。

私も思わず微笑して、身体を乗り出して言った。

「私、ひとりじゃなかったですよ」

「え？　なんですって」

「だから、ひとりじゃなかった」

そう言ってしまって、シートにことんともたれた。

峠の秋は、真昼の光を受けて、ますます燃え上がっている。

どんな雨にも落ちずに、紅葉はいっそう輝きを増した。もっとも豊かな季節のさなかに、いま、私はいるのだ。

寄り道

まぶたの裏側が急に明るくなったようで、私は目を覚ました。見慣れない天井が見える。几帳面《きちようめん》に並んだ杉板の目までがよく見える。ずっと遠くに潮騒《しおさい》が聞こえている。

窓のほうに顔を向けると、カーテンを半分開けて、ナガラが外の様子をうかがっている。ストライプのルームパンツに白いTシャツは、旅先の宿でくつろぐ際の彼女の定番だ。

「晴れてる？」

後ろ姿に声をかけた。

「ああ、起こしてしもた？　ごめんごめん」と、友が振り向く。

「めっちゃ快晴やで。雲ひとつあらへん」

「やっぱなあ」と私はふとんから起きだして、ナガラの隣に立つ。カーテンを全開にすると、窓いっぱいに夏の空と海が広がった。

秋田男鹿《おが》半島の西端の岬に近い宿で、私たちは朝を迎えていた。

「うわあ。ほんまや、超快晴」

「もう何日目やろか。記録更新」

はればれと広がる風景を仰ぎながら、またお天気で運使《つこ》うてしもうた、これでまた結婚運が逃げてく、などとにぎやかに言い合った。

この五、六年のあいだ、日本中のあちこちへ女ふたりで旅をしている。私とナガラが一緒に旅をして、雨が降ったことは一度もない。曇りとか、小雨がぱらっときたことはあった。けれど不思議なことに、本降りの雨にあったことがなかった。雨が降るのは、たいがい、電車やバスで移動しているときか、夜寝ているあいだだった。

今回もそうだ。夏の休暇を使って、秋田の竿燈《かんとう》まつりと青森のねぶた祭りを見にきたのだが、出発直前まで低気圧が東北に停滞し、八月だというのに梅雨《つゆ》じみた天気が続いているようだった。出発の前日などは、秋田は暴風雨ということだったので、ずいぶん気を揉《も》んだ。仕事の合間にネットで天気予報を二時間おきにチェックした。ナガラに「今回ばかりは雨みたいやね」と、あきらめのメールを送りもした。けれど「大丈夫。私らが高気圧連れていけば」と、のんきな返信がきたのだった。

はたして、祭りの当日、かろうじて曇りだった。が、低気圧が通過中で、湿った強い風が異様に吹いていた。昼間に乗ったタクシーの運転手が、「今日の竿燈は最高におもしれえス」と、愉快そうに言った。

「こんたに風が強いと、竿《さお》が揺れるがら、見てるとはっかはっかめぐよ」

言っていることはなんとなくわかった。強風に竿燈があおられて、見ているとどきどき、ハラハラする、という感じのような。

運転手の予言どおり、竿燈まつりは最高に盛り上がった。何十もの提灯《ちょうちん》をぶらさげた長い竿を、差し手が絶妙なバランスで肩や頭、腰で支え、掲げる。それだけでもすごいのに、おりからの強風が竿燈を煽《あお》り、あちこちでばたばたとなし崩しに竿が倒れる。道端の観覧席で見物していた私たちの真上にも、提灯がどさーっと降ってきた。きゃあーっと叫んで見物客が逃げ惑う。相当な迫力だった。

最後まで存分に楽しんで、やっぱり雨は降らへんかったなあ、と夜空を見上げた瞬間に、ぽつりときた。そのあとは、祭りのにぎわいを洗い流すかのように、ざあっと大降りになった。私たちは女子高生のようにきゃあきゃあと騒ぎながら、近くのホテルまで駆け足で帰った。その間、わずか五分。

「祭りが終わったとたん、ぱらっときたときは、なんだか自分の神通力みたいなもん感じてしもうたわ」

つい二日まえのことをすでに懐《なつ》かしく感じながら私が言うと、

「ハグの神通力とちゃうやろ。私の神通力やて」

ナガラが得意げに言う。

「そやそや、あんたのんや」と、あきれ半分で私は追随する。

「せやけどナガラ、そないなところにばっか神通力使うてええんかいな。婚活のほうに使うたほうがええのんとちゃう？」

「うるさい。余計なお世話や。ハグのほうこそ、早よ結婚しぃ」

「早よしたくても、ナガラと旅ばっかりしてるからチャンスがないんやんか。あんたがさきに嫁にいけ」

「そっちこそ」

この会話、確か、前回の旅の最中にも出たな。そう思いながらも、たあいないやりとりを繰り返す。

友との気取らない旅は、私のあくせくと忙しい人生に、いつもいい風を送りこんでくれる。

関西人は「イケる」という言葉をよく使う。女子高生が使う「イケてる」というのと、少し意味合いが違う。「イケてる」は「すごくいい、かっこいい」というような意味だろうけれど、「イケる」は「大丈夫、問題ない」という意味に近かった。

仕事や人間関係で落ち込んでいるとき、ナガラにメールでボヤくと「大丈夫。ハグならイケるって」とのんきな返信がくる。詳しい状況を話したわけではない。だから「イケる」と言われても、そんな簡単じゃないよ、と言いたくもなる。

けれど、「大丈夫？　これからどうすんの？」と深刻がられるよりは、いっそあっけらかんとしているのがいい。そうかな、イケるかな、という気持ちにならなくもない。

気がつけば、どうにかこうにか、一本立ちして生きていた。

ナガラに引っ張り出されたタイミングもよかった。友が最初の旅に誘ってくれたタイミングは絶妙だった。

それは、いつまでもこのままじゃいけないな、とほんの少し、私の気持ちが前を向いた頃だった。嵐をどうにか乗り越えて、やる気がふっくらと胸の中に芽生え始めた頃。

「旅に出よう」というタイトルで、ナガラはメールを送ってくれたのだった。

「なんであのタイミングで誘ってくれたん？」

何度目かの旅の最中に、尋ねたことがある。

「タイミング？　いや別に、なんも考えてへんで」

のんきな答えが返ってきた。

あんたが自分の力で人生の大一番を乗り切ったところで、ゆっくりさせたげようと思ったんやで。そんなふうに言われるかな、との予想は、あっさりと裏切られた。

まったく、人間α波みたいな人やなあ。

ナガラを見ているとそんなふうに感じる。いやそれとも人間マイナスイオンか。

そんなわけで、学生のとき以来、十数年ぶりに出かけた女ふたり旅は、思いのほか楽しかった。

彼としゃれた旅館に泊まりにいくのとはわけが違う。色気ゼロ、食い気と買う気100%の気兼ねのない旅。普段着とすっぴんで過ごす時間がこんなに楽しかったとは。同い年の友人同士、お互いに「がんばってるなあ」と思えば、自分ももう一歩先に進んでみよう、という気になった。

心底楽しい旅は、一度や二度ではやめられなかった。

気がつくと、こんなふうに、ふたり一緒に旅をしている。春夏秋冬、日本のあちらこちらへ。

ふたりとも、四十一歳。まじめに婚活する時期はとっくに過ぎてしまった。

それでもいいか、と思い始めている。

見栄《みえ》も無理もしがらみもない、さらりとした女ふたり旅。こうして、続けられる限り続けていくのも。

七時半、チェックアウトを済ませて、私たちは旅館の玄関先に立った。フロント係の男性が、私の旅の定番・銀色のリモワの小型キャリーケースと、ナガラのロンシャンのキャリーケースを両手に持って、外まで持って出てくれた。

「ああ、よく晴れましたねえ。この一週間、昨日の朝までは暴風雨でひどかったんですよ」

隅々まで晴れ渡った空を見上げて、フロントマンがすがすがしい声を出した。

「ええ、知ってます」と私が応じると、

「晴らしときましたんで、あたしたちが」とナガラが付け足した。

「おや、そうだったんですか。それはありがとうございます」とフロントマンが生真面目《きまじめ》に受け止めたので、笑ってしまった。

高台にある旅館の玄関からは日本海が見渡せる。青空を映して海面が豊かにさざめいているのがわかる。空を遮《さえぎ》る雲はひとつもみつけられない。

「今日はこれから、白神《しらかみ》山地のほうへ行かれるんですか」

フロントマンに訊かれて、ええ、と私たちは同時にうなずいた。

「それはいいですね。絶好の山日和《びより》だ。なにしろあそこは……あっ、来ましたよ」

車回しに、十人乗りの白いワゴンが勢いよく走りこんできた。フロントグラスに「白神山地ツアーご一行様」と、毛筆で書かれた横長の紙が貼《は》ってある。

「なんや。おっきい観光バスとちゃうの」

ナガラがつぶやくと、

「わざわざ旅館の玄関先まで迎えにきてくれはったんやから、文句言わへんの」

私はその背中を軽く叩いた。

「お待たせしたでぇ。波口さま、おふたりさま。どんぞ、中さ入ってけろ」

人のよさそうな運転手が降りてきて声をかけた。フロントマンが後部のハッチを開けて荷物を詰めこむ。私たちは一番前のシートに並んで座った。

「へば、お願いスど」

「わかったス。へば」

フロントマンと運転手があいさつを交わしてから、ドアが勢いよくスライドして閉められた。

車が発進してすぐ、運転手が機嫌《きげん》のいい声で言った。

「いやあ、ずいぶんええお天気になったスなあ。お客さんがだは晴れおなごだか」

「そうです。ふたり揃って晴れおなご」

ナガラが嬉しそうに答える。ほんとうに自分の神通力を信じ切っている様子だ。

「こえがら五人、お客さんが乗ってくるんだども。そん人がだはラッキーだべ。晴れおなごと一緒だがら」

からからと笑う。ずいぶん楽しそうな運転手は白神山地ガイドも兼務していた。三池《みいけ》だで、よろしぐ頼むどよ、と自己紹介した。男鹿半島に生まれ育って五十六年。一歩も故郷から出たことがないのが自慢のようだ。

「じゃあ、なまはげになったこととか、あるんですか?」

まさかと思いつつ訊くと、

「もずろん、あるどよ」

あっさりと答える。へえーっ、と私たちは興味津々になった。

「なまはげは、男鹿半島全域六十地区で、地元出身のおどごが扮《ふん》するんだども。まんず、このごろは人材不足でなぁ。ただ騒ぐのではなくて、なかなかムジカシスよ」

「そういえば、なまはげが女湯に乱入したとかいう事件もありましたよね」

ナガラが指摘すると、「ああ、あった、あったス」と三池さんはバックミラーの中で苦笑した。

「まんず、あれは困ったものだで。なまはげといえば、重要無形民俗文化財にも指定されて、男鹿半島の大切な伝承文化スのに。あんだごどされれば、困るスなぁ」

なまはげに扮することができるのは、地元出身の成人男子。東京の大学に行っている学生が帰省して、初めてなまはげに扮し、振る舞い酒にすっかり酔って破廉恥行為に及んだという。以来、その学生が所属していたなまはげチームは、その温泉街一帯に向こう三年は出入り禁止になった、ということだ。

「悲惨やなあ。でもって、なんとなくのどかな話やなあ」

ナガラが笑う。

「せやけど、私らが女湯にいてたら、ごっつい怒ってたやろなあ」

私も笑いながら言った。

半日で白神山地を回るガイド付きツアーだった。途中、奥羽《おうう》本線の東能代《ひがしのしろ》駅、五能《ごのう》線の八森《はちもり》駅で参加者を拾って二ツ森《ふたもり》まで行き、トレッキング。昼食をはさんで、神秘の湖、十二湖《じゅうにこ》へ。帰りは駅で参加者を降ろしながら、男鹿温泉へ戻る。私たちは十二湖探訪のあと、不老不死《ふろうふし》温泉で降ろしてもらうことになっていた。

東能代駅の改札前に、何人かの参加者が集まっていた。

「お待たせしたス。白神山地ツアーだス。さあ、乗ってけれ」

三池さんに声をかけられて、こんにちは、とあいさつしながら、参加者が五人、乗ってきた。そのうちふたりは初老の夫婦らしきカップルで、別のふたりはもう少し若い中年のカップルだった。四人とも、私たちに軽く会釈して奥へと詰めていく。最後に、若い女性がひとりで乗りこんできた。その容姿を見て、私はぎょっとした。

この暑いのに黒いスーツを着こんでいる。ただし、スカートはかなりのミニだ。大股《おおまた》で車のステップを上がった瞬間に、黒いストッキングの太腿《ふともも》がむき出しになった。

小さな顔に、大ぶりなサングラス。赤茶けた長い髪をねじってアップにしている。一見キャリアウーマンふうのいでたちは、観光しにいく、というよりも、これからプレゼンしにいく、という感じだ。

こんなカッコでプレゼンされたら、おじさんたちは一発で落とされそうだな。

彼女は私の真後ろに座ると、「ああ、暑い。こんな田舎なのに」とひとりごちた。

「運転手さあん、クーラー最強にしてくれます?」

ずいぶん高飛車なもの言いだ。三池さんは、「ああ、ごめんしてけれ」とすぐに送風を最大にした。

「なんやのこの人、やな感じ」

ナガラがこっそり耳打ちする。私は「しっ。聞こえるで」と口もとに人差し指を立てた。若い美人にありがちな、世界を征服したかのような横柄さ。広告の仕事をやっていると、そういう子にいき合うことがままある。人気モデルとか、クライアント側のデキる女子社員とかに、そういうタイプがいる。

女の子は、暑い暑い、となおもつぶやいている。ごそごそとジャケットを脱いでいるようだ。バックミラーにその様子が映る。黒いキャミソールの二の腕がにょきっと現れた。胸元が深くえぐれている。これじゃ三池さんの安全運転に支障が出てしまうんじゃないか、とひやひやした。

「あの、よかったら。これ、使います?」

私は振り向いて、扇子《せんす》を差し出した。三十歳の誕生日に、母が贈ってくれたものだ。

「え? いいんですか」

「ええ。こっちの席はエアコンもろ当たって寒いくらいなので」

ちょっとだけ嫌味をこめて言ってみたが、「じゃ、お借りします」と遠慮もなく受け取って、ばたばたとあおぎ始めた。ずいぶん乱暴だな、と私はムカッとした。それ、絹が張ってあってけっこう繊細なのに。

「まったく、ハグはええ人やなあ」

ナガラがあきれたように小声で言った。

車はしばらく日照りの国道を走っていたが、やがて山道へ入っていった。こんもりと生い茂る緑が自然の庇《ひさし》になって、道路に涼しげな影を作っている。私は窓を開けてみた。

「開けないでもらえますか？　せっかく冷やしてるんだし」

とたんに後ろの彼女が文句を言ってきた。むっとしたが、売られたケンカを買うほど子供ではない。無言で開けかけた窓を閉めた。

「扇子でちょこまかあおぐより、風を入れたほうが涼しいんと違《ちゃ》います？」

横からナガラが口を出した。彼女は一瞬、口をつぐんだが、

「もうお返しします」

肩越しに扇子を差し出した。見ると、絹の張ってある部分が裂けている。あっ、と小さく叫んで、振り向いた。

「ちょっと、これ……」

文句を言いかけたが、サングラスの顔はびくりともしない。代わりに、その後ろに並んでいるよっつの顔がびくりとする。

「さあ、もうすぐ到着するがらよ。揉《も》め事は、あぎだ県と青森県だけでええがら」

三池さんののんびりした声が聞こえてきた。この人の秋田弁を聞くと、どうも闘志が萎《な》える。私はサングラスをにらむのをやめて、前を向いた。

「秋田県と青森県は、何を揉めてるんですか」

最後部席の初老の男性が訊いた。三池さんは、「なんだが、くだらねことだ」と答えた。二〇〇四年に白神山地周辺の市町村で合併計画が持ち上がったとき、新市名を「白神市」にする、と決定したところ、青森県の市民団体が「白神はもともと青森の地名だ」「新市には白神山地の世界遺産登録区域は含まれていない」などと猛反発をしたという。

それ以外にも、山地内で青森と秋田を結ぶ「青秋林道」の建設中止問題など、世界遺産がふたつの県にまたがってしまっているので、色々とややこしいことが起こる歴史があったようだ。

「ま、あぎだも青森も、お互いに『おれの世界遺産だ』と思ってるがらなァ。そんたらことが起こるのも、仕方がねえべ」

「じゃあ、運転手さんはどっちのものだと思う？」と、初老男性の妻らしき人が問うと、

「そりゃあ、あぎだのものだべ」

そう答えたので、車内はわっと沸いた。全員、拍手する。あの彼女だけが、放心したように、窓の外に顔を向けている。その様子を私はバックミラーに映して見ていた。世界遺産になんかまったく興味なさそうなのに、なんでこのツアーに参加したんだろう。

ぱらりと扇子を開いて、恐る恐るあおいでみた。使えるけれど、切れてしまった絹の

扇が痛々しい。

「あれ、どうしたん？　破れてしもうてるやん」

破れ目をみつけて、ナガラがわざとらしく大きな声で言った。

「それ、お母さんに誕生祝いに買うてもろうた扇子やろ」

「うん、まあ……別に、ええねん。もう古いねんし」

後ろの彼女の耳に入るのが、なんとなく嫌だった。わざとらしく母のことなど持ち出して、あやまれ、と言っているようで。


私の母は、郷里の姫路でひとり暮らしをしている。

十年ほどまえ、父が脳梗塞で他界した。あまりにも唐突だったので、父がいなくなってしまった、ということを、なかなか肌身で感じられなかった。大学時代から十二年も、両親とは別々に暮らしてきた。だから、たまに郷里に帰れば、いまでも父がひょっこりと襖《ふすま》の陰から現われるような気がする。

母は、どうだろうか。

ひとりになってからの母は、特に泣きごとも言わず、不安がる様子も、寂《さび》しがるそぶりも見せなかった。そういえば、父の葬儀のあいだも、喪主として母は気丈に振る舞い、泣き崩れたりする場面にはついにいき合わなかった。

母が涙を流すのを見たのは、この十年でたった一度きりだ。

父の告別式で、出棺まえの最後のお別れのとき、母は柩《ひつぎ》をのぞきこんで何事か囁きかけた。その瞬間に、ぽたぽたと涙が落下した。母はハンカチで口を覆《おお》い、しばらく目を閉じていた。それが、私の記憶にある、母が泣いていた唯一の姿だ。

あれっきり、今日にいたるまで、母が泣いているのを見たことがない。もっとも、娘が実家に帰るのは年に二、三度、ほんとうに盆と正月くらいだから、母が泣いているのに遭遇することなど、なくて当然なのだけれど。

父の四十九日の法要が終わり一段落した頃、私は母に電話をかけて小旅行に誘った。

「私の仕事も一段落したところやし、おいしいものでも食べにいかへん？」

どういう風の吹き回しやろ？　と、電話の向こうで母はたいそう喜んでいた。

まもなく三十歳になる私は、仕事も恋も順調で、文字通り人生を謳歌《おうか》していた。会社では課長代理に昇進し、課長職が射程距離に入った時期でもあり、年齢的にも彼との結婚を意識し始めていた。このさき家庭を持って子供を産み育てつつ出世もする。自分のこれからを父に見届けてもらえなかったのが残念だった。そのぶん、母に見ていてもらおう、という気概もあった。

誕生月の七月の旅行は彼と行く、と決めていたが、その年に限って、私は母とともに京都へ出かけたのだった。

梅雨が明けた直後の京都は鉄板の上のように暑かった。通りを歩けばものの五分も経たないうちに汗が噴き出してくる。店先に撒《ま》かれる打ち水も、じゅっと音を立てる気さえする。そのぶん、庭園の木陰や寺院の庇《ひさし》の下は、その場にごろりと転がりたくなる涼しさだった。

とある寺院の庭園に面した縁側に腰かけて、池の水面に緑陰がきれぎれに模様を作るのを母と私は眺めていた。蒸し風呂《ぶろ》の中を一日中歩いて、私はすっかり疲れていた。自分ですらそうなのだから、六十二になる母はもっと疲れただろう。京都なんかにしないで、有馬《ありま》温泉とか、ゆっくりできるところに行けばよかったかな、などと、後悔じみた気持ちが浮かんでいた。ふと、母が庭を向いたままで言った。

「よっちゃん、仕事はうまくいってるんやね」

夕食のときにでも、自分のいまとこれからについて母に報告しようと思っていた。急に水を向けられて、どこから話そうかと思ったが、私は「うん、めっちゃうまくいってるよ」と気負いなく応えた。

「実は、この四月に課長代理に昇進してな。もうちょっとがんばったら、課長になれるねん。そしたら年収も増えるし……お父さんとおんなじように、とまではいかへんけど、多少はお母さんにも仕送りして、楽させてあげられると思ってるねん」

私は、このさきずっと母に仕送りをしようと決めていた。父の生前からすでに母は近所のスーパーでパートをしていたが、それだけでは不十分だろう。

就職してからの八年間、収入はすべて自分のために使っていた。ブランド品やエステや彼との旅行に使い、貯蓄はいずれ結婚するときに購入するマンションの頭金にするつもりだった。けれど、ひとりになってしまった母を思えば、贅沢《ぜいたく》ばかりもしていられない。

「あんたはまた、急に何を言うんやろ。仕送りなんかせえへんかて、お母さんは大丈夫やで」

冗談話でも聞いたように、母はくすくすと笑う。やっぱり、庭のほうに顔を向けたままで。自分なりに一生けんめい考えた末のことなのに、適当にあしらわれたようで、私はぶすっとした。

「なんやねん。私が仕送りしたらおかしいのん？」

「おかしいことあれへんよ。おかしいことあれへんけど……」

つまらないことで笑い始めて、笑いが止まらなくなってしまうことがある。そんな感じで、母はいつまでもくすくすと笑った。私のほうは、「もう、笑わんといて」と、ますますぶすっとして見せた。

「ああ、なんやろ。こんなふうに笑ったんは、ひさしぶりやなあ」

そう言いながら、母は私のほうを向いた。笑いすぎたのか、うっすらと目が潤んでいた。少し疲れて寂しそうな、けれども優しい母の顔だった。

「ありがとうね、よっちゃん。昇進も仕送りも、そりゃあうれしいことや。でもな、無理だけはせんとってよ。あんたが元気でいてくれれば、お母さんはそれでええねんから」

面と向かって言うのが照れくさかったのだろう、また庭のほうへ向いてしまってから、母はそう言った。

「こんなふうに、たまには寄り道もええもんやね。一生けんめい働いて、まっすぐに生きてきて。だけど、ときどき寄り道するのんも」

さわさわと風が起こった。池の水面を渡って吹きくる風は涼しかった。母と私は、少しだけ距離を置いて縁側に座り、それぞれに風を味わった。

旅のことを、母は、人生の寄り道、と喩《たと》えてみた。がんばるのもいいけど、たまには息抜きをしなさいと諭してくれていたのだと、いまならわかる。

その夜は、私の二十代最後の夜だった。河原町《かわらまち》で、母は扇子を買ってくれた。夜になっても暑い暑いと騒ぐ私に、半ばあきれて。それでも、大人の女性にふさわしいよう、薄紫の絹を張った清水の流れの模様も涼しげな一本を。


どのくらい登ってきただろうか。これから先は舗装された道もなさそうな場所で、ワゴンが停車した。

「はい、二ツ森さ到着したで。さっと山道を登るから、荷物はみな車の中さ置いでいってけれ」

三池さんに声をかけられて、乗客はひとりずつワゴンを下りた。これから三十分ほど、ちょっとした山道をトレッキングするのだ。最後に出てきたピンヒールにスーツ姿の女の子をあらためて見て、「あんれまあ」と三池さんは困り顔になった。

「お客さん、そんたら靴だば山道登れねえべな。足を挫《くじ》いてしまうべなぁ」

「この靴しかないんだけど……」女の子が鋭《とが》った爪先に視線を落としながら返す。

「その靴しか……さて、困ったべさ」

登山口へ行きかけた私は、足を止めてふたりの様子を見た。「早よ行こうな」とナガラが促す。

「ちょっと待っとって、すぐ戻る」

そう言い残して、私はワゴンまで戻った。

「あの、私、サンダル持ってきてるから。それ履いたら？」

女の子に声をかけた。サングラスの顔がこっちを向く。返事は聞かずに、私はキャリーケースの中からサンダルを引っ張り出した。はい、と目の前に差し出すと、彼女は不思議なものでも見るようにそれを眺めていたが、

「いいんですか？」

そう訊かれたので、うなずいて見せた。

「いやあ、助かりました。大した山道でねけれど、そんたらハイヒールで登るのは難しがらねえ。ほんとに、ありがとうございました」

三池さんは、自分の娘に助け舟を出されでもしたようにありがたがった。サングラスの顔が少しだけ微笑むのを見て、私はちょっといい気分になった。

「ほんま、ハグはおせっかいやなあ」

登山口で待っていたナガラがすかさず言った。

「ええ人やって、さっきは言うてくれたくせに」と私は笑った。

うっそうと緑が生い茂る小道を、一行はゆっくりと上がっていった。山中の空気は驚くほどひんやりとしている。あちこちで鳥のさえずりが聞こえてくるたび、先頭に立って案内をしている三池さんが「あれはカッコウだス」「いま鳴いたのはキビタキだス」と教えてくれる。道の途中に珍しい花があれば花の名前を、木を見上げれば木の性質を教えてくれる。のんびりした秋田弁での解説は、山のことを話すのが楽しくてしょうがない、という感じに聞えて、こちらも楽しくなる。

三池さんは、道に落ちていたみずみずしい緑の小枝を拾うと、私たちのあとからついてくるあの女の子に手渡した。

「羽虫が寄ってくるから、これで追い払えばええべ」

女の子は、どうも、とまた、すなおにそれを受け取った。そして、ふくらはぎの周りをさかんにぴしぴしと叩いた。あんなにむきだしにしていれば、蚊が寄ってくるのも当然だろう。

うっそうとした枝が途絶えて、ぽっかりと山なみの全景が現れた。皆、足を止めてその風景にしばし見とれた。

霞《かすみ》がかった大気の中に、山々がなだらかな稜線《りょうせん》を描いている。眼下には緑色の大海原《おおうなばら》さながらに一面に森が広がっている。どこからか霧がひと続きになって湧き上がるさまは、森が深呼吸しているかのようだ。生命の力が漲《みなぎ》って静かに冴《さ》えわたる森の様子を、私たちは息を凝らしてみつめた。

「えー、みなさん。いま、みなさんのいるところがどこだかわがてるんだが？」

風景にすっかり魅入られている参加者たちに向かって、突然、三池さんが尋ねた。

「どこって、世界遺産の白神山地と違いますのん？」

ナガラが訊き返すと、「ほれきた。そう思うだべなぁ？」と愉快な口調で応える。

「みなさんがいるところは、世界遺産でもなんでもない、たーだの山の中だで。世界遺産の白神山地は、ほれ、あっち。みなさんが、いま見てるあのへんだで」

そう言って、得意げにはるか彼方の森を指さした。白神山地の世界遺産区域は人の出入りが禁止されている。だから、観光客がいるところは、白神は白神でも「ただの山の中」なのだそうだ。それを聞いて、皆、笑った。

「なるほどねえ。『世界遺産に行ってくる』って息子夫婦に自慢しちゃったけど、実は『見にいく』ってのが正しかったのか」

「ほんとねえ。帰ったらどう言い訳しようかしら」

初老の夫婦は、いかにも、やられた、という感じで、けれど楽しげにそう言い合った。

私は、ちらりとあの女の子を見た。きゅっと口を真横に結び、サングラスをおでこの上にのっけて、遠くの山なみを眺めている。すがすがしく、きれいな目をしていた。さんざん泣いたあとのように、涙袋がぷっくりと膨《ふく》れている。ずいぶんきれいな子なんだな、と思った。

何か理由あってこのツアーに参加しているのは、もうあきらかだった。広告のディレクターなどをしているせいかワケありの美女には興味が湧く。もう少し話をしてみたい気分になった。

ワゴンまで帰りつくと、女の子はサンダルを脱いで、ティッシュを取り出して底をていねいに拭《ふ》いた。そして、「ありがとうございました」と、さっきとは見違えるほどにていねいに礼を言って、私の手にサンダルを返した。さては白神山地の神秘に触れて改心したか。

「お役に立ってよかった」

私は、本心からそう言った。女の子は、一瞬、戸惑いの表情を浮かべたが、

「ごめんなさい」

ひと言詫びて、頭を下げた。私たちは、きょとんとして彼女の少し腫《は》れた目を見た。

「さっきの扇子……破れてしまって。お母さんからの贈り物だったのに」

やはり、ナガラの言葉が聞こえていたのだ。私は微笑んだ。

「いいの。もう十年も使いこんで、もともとボロかったんだし。そろそろ張り替えなくちゃいけないものだったから」

「じゃあ、その張り替え代、私が出します」

「いいっていいって。たいしたことないから」

「出発すどぉ」と、三池さんが声をかけた。三人は、あわててワゴンに乗りこんだ。

「窓、開けてもええかな?」

ナガラが後ろの席を振り返って訊くと、「ええ」と、女の子は、一緒になって窓を全開にした。たちまち、草のにおいのする風が車内を満たす。

「わあ、いい風。気持ちいい」

後部座席の四人が口々に言う。女の子は目を閉じて、風におくれ毛をなびかせていた。

いったん山を下りたワゴンは、昼食のために国道沿いの定食屋に立ち寄った。

店の窓からは日本海が青々と広がって見えた。私とナガラは女の子を誘って、窓辺のテーブルに陣取った。刺身定食を食べながら、三人はようやくお互いに自己紹介をした。

女の子は、中村菜々子《なかむらななこ》といった。もうサングラスをかけていない明るい瞳の彼女は二十五歳で、渋谷のブティックで店員をしている。おしゃれが大好きで、夢はファッションモデルになることだったが、もう自分の旬は過ぎてしまった、と妙に諦観《ていかん》していた。女の旬はせいぜい二十三歳くらいまでだ、と断言するので、私たちは苦笑してしまった。

「そんなこと言わんといてよお。私らアラフォーはどないせえっちゅうねん」

笑いながら、ナガラが悲惨な声を出した。

「アラフォーは別格ですよ。だって、二十五歳も三十歳も三十五歳も、それぞれの時代を生き抜いてきたわけでしょ？　それだけで、まじですごいし。あたしなんか、アラサーまえで挫折《ざせつ》しちゃいそうで」

おもしろい物言いをする子だな、と私は彼女に好感を持った。

「菜々子さん、ご出身は？」と訊くと、

「東京じゃないところです」あいまいに応える。

「ひとり暮らしなの？」

「ええ、まあ」

「大学時代から？」

「いえ、高校出て、モデル目指してすぐ上京して……それからずっとです。気がつくと、もう七年もひとり暮らし」

このさきもひとりかな、とつぶやくのが聞こえた。

私たちはしばらく黙って箸《はし》を動かした。私は、菜々子と同じ歳《とし》だった頃の自分を思い出していた。大企業に入って、彼もできて、故郷の両親は健在で……そのさき、ひとりで生きていくなどとは思いもよらなかった。

「でもまあ、ひとりっちゅうのも、そんなに悪うないよ」

ナガラが口を開いた。のんびりとほがらかな口調で。

「女のひとって、そういうふうにできてるのかもしれへん。私もひとり、私のお母はんもひとり。ハグもひとり、ハグのお母はんもひとり。だけどそれぞれ、元気に暮らしてる」

それぞれのことを、元気かなあ、と思いやりながら。

窓からの潮風が、三人の髪をはらはらとなでて通り過ぎていく。真昼の海は、沁みるほどの青をたたえておだやかだ。

「そうだね。ひとりでがんばって、やれることやって……ときどき寄り道するのもいいもんだよ」

私は、そう言ってみた。ナガラと菜々子は、同時にこちらを見た。

「なんやねん、寄り道って」

「だから、旅のこと」

「はあ。ほんなら、ハグと私はしょっちゅう寄り道やんか。寄り道ばっかりして、もとの道がどこにあるか、ようわからんようになってしもうたやん」

ほんまやなあ、と私は気持ちよく笑った。

「寄り道とかしても、大丈夫なものですか？　迷っちゃったりしませんか？」

菜々子が訊いた。どうやら彼女は、人生について尋ねているのだ。私はその口調にまっすぐな感性を嗅《か》ぎ取った。モデルになりたい、と単身上京したのも、決して浮ついた気持ちからではなかったのだろう。

「迷ってもええねん。それが人生やもん」

けろりとしてナガラが言った。菜々子が、ほっと息を放ったような気がした。大切なことを、さりげなく口にする。友のそういうところが私は好きだった。

「さて。ランチのあとは、十二湖に行くんやったね。そろそろ出発かな」

腕時計を見ながらナガラが言った。菜々子は、私たちの顔をみつめて告げた。

「あたし、ここでお別れなんです」

ええっ？　と私たちは揃って声を上げた。

「なんで？　これからメインの十二湖に行くのに？」

「そうやで。せっかくここまで来たんやから一緒に行こうよ」

菜々子はほんの少しうつむいた。それから、何か念じるように一瞬目を伏せたが、思い切って顔を上げると言った。

「思いっきり寄り道しちゃいました。もう行かないと、出棺に間に合わないので」

しゅっかん、という言葉を、一瞬理解できなかった。

それほどまでに、その言葉は、その場の雰囲気に、そして菜々子にそぐわなかった。

「それでも、どうしても寄り道したかったんです」

菜々子は、どうしてこのツアーに自分が参加したのか、ぽつぽつと話し始めた。

二日まえに、母が死んだ。脳溢血で、信じがたいほどあっけなく。

母は二十五歳のとき結婚して上京し、菜々子を産んだ。そして、娘が幼い頃に離婚してから、白神山地を望む郷里の村、いまは秋田県八峰町《はっぽうちょう》という名になった村に舞い戻った。

母は考えられうる限りのさまざまな仕事をして、菜々子を育ててくれた。旅館の仲居だったり、みやげもの屋の店員だったり、林業の手伝いだったり。母が苦労のし通しだったのを見て育った娘は、どうにか成功して母に楽をさせたい、と思い詰めるようになった。そして、モデルを夢見て上京したのだった。

成功するまでは、絶対帰ってこねがら。

そう言って出ていく娘を、母は黙って見送ってくれた。

それっきり、七年。菜々子は、郷里に帰らなかった。モデルエージェンシーに所属はしたが、あと一歩というところでいつもだめになる。誘惑も裏切りも、短いあいだに体験した。どんどん、帰れなくなった。

母とはほぼ毎日、メールでやりとりをしていた。母のメールはいつも単純だった。元気だが？　ちゃんと食べでっが？　仕事うまくいってっが？　から始まって、『今日の森はきれいだっだどよ』『今日は鹿《しか》どご見だどよ』『ブナの林が青々としてきだどよ』と続く。

母は、白神山地の案内人になっていた。

幼い頃から慣れ親しんだ森を案内する仕事に就《つ》いて、『夢見でるみでえだ』と、それはそれは喜んでメールをしてきた。それからは、日々、ツアーの合間に携帯で撮った写真を送ってくるようになった。

うつくしい森、神秘的な霧の朝。木漏れ日、鳥の巣、鹿の足あと。時々刻々と色を変えていく清らかな湖面。参加者たちの笑顔。ときどき、自分の笑顔。

夢のように楽しい日々を母が送れるようになって、よかった、と思うのが半分、うらやましい、と思うのが半分。どことなく寂しい気持ちも湧いていた。

もう、私なんか帰らなくてもいいのかもしれない。いや、帰らないほうがいいのかもしれない。そのほうが、母もきっと楽なはずだ。

母に楽をさせたい、と思う思いが、いっそう故郷から足を遠のかせた。

そして、母からの最後のメールは、やはり白神山地の森の中からだった。

菜々子にも、お母さんの一番好きなこの森を見せでえなあ。

翌日、電話がかかってきた。三池と申します、と電話の主は名乗った。私の同僚、あなたのお母さんが亡くなったど。通夜は本日午後七時から、告別式は、私は仕事で行けねども、あさって午後一時から……。

あさってとは、今日のことだ。

のめりこむようにそこまで話を聞いてから、私は壁に掛かっていた時計を見た。

十二時五十分。

「大変、すぐ行かなくちゃ。会場はここから遠いの？」

思わず椅子から立ち上がって、私は声を上げた。他のテーブルの初老の夫婦と中年夫婦のよっつの顔が、いっせいにこちらを向く。菜々子は弱々しく首を横に振った。

「車で二十分くらい……」

ナガラが急いで尋ねる。

「車はあるのん？　タクシー呼ぼうか？」

菜々子は下を向いた。私とナガラは顔を見合わせた。

「へば、そろそろ出発するだで。みなさん、おなかいっぺえになったスか？」

のんびりと三池さんがやってきた。私たちのテーブルの尋常ならぬ空気に気づいて、

「あれ、どうしたんだが？」と不思議そうな顔つきになった。

「三池さん。彼女、中村菜々子さん。わかります？」

きょとんとした三池さんの顔に、あっと驚きが広がった。

「まさか、あんた……中村奈々枝《ななえ》さんの……」

絶句した。菜々子は下を向いたまま、小さく頭を下げた。

「すみません。母のこと、お世話になりました。葬儀に間に合うつもりで帰ってきたんです。でも、そのまえに、母がいってしまうまえに、母と……母さんと……」

母さんと、寄り道がしたかった。

母さんが大好きだと言っていた、あの森に。

つややかな頬の上を、ぽろぽろと涙がこぼれ落ちた。堰《せき》を切ったように、菜々子は泣

き出した。私とナガラは、両側から菜々子の華奢《きゃしゃ》な体を支えて、ごく自然にその背中に手を添えた。

言葉を失くしていた三池さんは、周りに集まってきていたほかの四人の参加者に向かって、突然深々と頭を下げた。

「みなさん、許してけれ。こん人は、おととい亡くなったおれの同僚の娘さんだス。そん人の葬式が、もうすぐ始まるがら、それに、なんとしても間に合わなければなりません。だから……」

「行ってあげてくださいよ」

初老の男性が、すぐに声をかけた。その妻が続ける。

「私たちは大丈夫。帰っていらっしゃるまで待ってますから」

「そうですよ。さあ早く早く」と、中年夫婦が声を合わせる。

私は、ぽん、とやわらかく菜々子の肩を叩いた。そして、菜々子の潤んだ目を見て「大丈夫だよ」と言った。

「イケるって」とナガラが元気よく言葉をつないだ。菜々子はこくんとうなずいた。

早く早く、と全員に追い立てられて、三池さんと菜々子は小走りにワゴンに向かった。

エンジンをかけて、窓を開ける。そこから顔をのぞかせて、三池さんが叫ぶ。

「へば、行ってくるがら。待っててけれよ」

後部座席の窓が開いて、泣き腫らした目の小さな顔がのぞいた。少し照れくさそうに笑って、菜々子が言った。

「ありがとう。寄り道、楽しかった」

車は、全速力で国道を走っていった。あっというまに、見えなくなった。

だだっぴろい駐車場に取り残された六人は、そのまましばらく降り注ぐ夏の日差しを浴びていた。

「驚いたな。ありゃあ、喪服だったのか」

初老の男性が、放心したようにつぶやいた。

「ほんとですね。最近の若いお嬢さんのファッションセンスってのは、まったくなあ」

中年の男性が追随する。それから、さて、と店のほうを振り向いて、「高校野球の続きでも見ましょうか」と言った。

ふた組のカップルは、何やら楽しそうに言葉を交わしながら店へと戻っていった。それを見送ってから、「さて、どうする?」と私はナガラに訊いた。

「どうもこうも、しゃあないやろ。ビールでも飲んで、海でも眺めるしか」

あきらめたように、でもなんとなく愉しげにナガラが応える。

「あ、ええね。それ、私も考えとった」

「そうやろ。都会ではなかなかできへんで。海を眺めて昼ビール……って、私ら白神山地のツアーに来たんやったよな?」

「まあ、ええやないの、細かいことは。これもまた、寄り道ってことで」

「せやな。寄り道ってことで」

うーん、と私はひとつ、伸びをした。それにつられて、ナガラも、うーん、といっぱいに伸びた。

「ええ天気やなあ」

「ほんま、ええ天気や」

「明日もイケるかな」

「うん。明日もイケる」

にぎやかにしゃべりながら店へと戻っていった。

真上を少し過ぎた太陽が、白いコンクリートに濃い影をふたつ、作っている。海ははればれと、どこまでも青い。

波打ち際のふたり

その宿は、波打ち際ぎりぎりに建っていて、夕日がたいそうきれいに見えるらしいんだと、友が言っていた。

ＪＲ播州赤穂《ばんしゅうあこう》駅で降りると、タクシーに乗り込んだ。宿の名前を告げると、「ああ、お客さんラッキーやな。夕日に間に合《お》うたね」と、運転手がほがらかに言った。

「夕日がきれいに見える宿、って聞いとってんけど、ほんまにそうなんですか？」

私が尋ねると、

「そうです、そうです。それで有名な宿ですねん」

バックミラーの中で、運転手が人のよさそうな笑顔で答えた。

「お客さん、どっから？　大阪ですか？」

私は、くすっと笑って「ううん、もっと近所です。姫路《ひめじ》」と言った。

「ああ、ご近所やね。赤穂へは、しょっちゅう？」

「いや、それが……小学校の遠足以来かなあ」

ピンク色のリュックサックを背負って出かけた朝のことを、なんとなく思い出しながら、私は言った。

「実家は姫路やねんけど、もう長いこと東京に住んでるんです。今回は、実家に行く用事があったんで、そのついでに、友だちと赤穂温泉に行こう、ゆうことになって……」

あまりにも近場過ぎると、いつでも行けるという気安さもあって、かえってなかなか足が向かないものだ。大学に進学するために上京するまでの十八年間、姫路で生まれ育った私だったが、姫路から電車でほんの三十分西へいったところにある赤穂には、ほんとうに遠足で一度行ったきりだった。

「そうですか。それやったら、これからしょっちゅう来はったらええね。ご実家に帰ってくるたんびに」

なおも陽気な調子で、運転手が言った。私は、小さくため息をついた。

「ほんまですね。……そういうのも、ありかな」

そう応えて、車窓の外を向いた。

タクシーは、赤穂城跡の近くを通り過ぎ、海に注ぐ川を渡って、播磨灘《はりまなだ》に臨む岬《みさき》へと向かっていた。川沿いの道を走りながら、運転手が言った。

「ここの河川敷は芝生でね……毎日、走りながら見てるねんけど、枯れた芝生に混じって、緑の芽吹きがところどころね、ほら」

確かに、白っぽく枯れている芝生の中に、やわらかな緑色がところどころに混じって見える。

「お客さんがいまから行く岬のほうに、桜の名所があってね。いま七分咲きですよ。もうすぐ満開。でもいまぐらいのほうがきれいでいいね。いいときに来たね。お客さん」

春が間近のあたたかな日だからか、それとも何かいいことがあったのか、運転手は、やたら前向きで明るい人だった。私は、自然と笑顔になった。

友と旅をするとき、恵まれていることがふたつある。ひとつは、好天。もうひとつは、人。私たちが旅をする場所は、いつもいいお天気で、そこで出会う地元の人たちは、タクシーの運転手であれ、宿の仲居さんであれ、商店街のおばちゃんであれ、愉快な、親切な、気さくな人たちなのだった。

今度の週末、帰省するから、よかったら大阪でちょっとランチでもせえへん？

つい五日ほどまえに、ナガラにメールをした。最近めちゃくちゃ忙しくしているようだから、いつものように旅行になんかは行けないだろうけど、大阪で途中下車して駅ビルでランチくらいできないかな、と思って声をかけたのだ。

ところが、意外なメールが返ってきた。最近休日出勤が続いて、さすがにもう限界なので、なんとしてもハグがこっち方面へ来る機会に旅がしたいと。

近場で、一泊二日でええから行かへん？　私を元気にしてちょうだいな〜。もうあかん、「旅切れ」してるし。

それで、姫路から電車に乗ってわずか三十分で到着する、播州赤穂にほど近い、海辺の温泉宿に白羽の矢を立てた。

波打ち際、ぎりぎりのところに建ってる宿なんやて。大浴場からは夕日が沈むのが見えて、きれいだとか。ランチタイムにいつも行ってる定食屋で、旅雑誌見てたら、みつけてん。で、うわ、めっちゃいい感じ、行ってみたいなあ、って、私の旅のウィッシュ・リストにこっそり入れとってん。せやけど、赤穂って、ハグの実家から近過ぎるし、そんなとこ近場過ぎていやや、言われるかなあ、思っててんけど。

ナガラにしては珍しく遠慮がちに行き先候補を伝えてきたのだが、私にとって赤穂は小学校の遠足以来だったし、時間ぎりぎりまで実家で独り暮らしの母と一緒に過ごせる、と思ったので、かえってありがたい提案だった。

何よりも、「波打ち際、ぎりぎりのところに建ってる宿」というひと言に、心引かれた。

ぎりぎり、という感じが、実になんともいいではないか。

そんなわけで、ナガラが宿を予約してくれた。自分はちょっと早めに行ってのんびりさせてもろてるから、ハグはぎりぎりまでお母はんと一緒にいてたらええで、と、こっちの気持ちをすんなりと読んでくれた。

長い付き合いなのだ。いま、私がどういう状況にあるのか、くどくど説明しなくても、勘づいてくれている気がした。

大阪の証券会社に勤続二十五年。お気楽なOLの代名詞のようなナガラだったが、長年の真面目な仕事ぶりが評価されて、ついに総務課課長に抜擢されたのが去年の秋のこと。たちまち、目の回るような忙しさになってしまい、『鳴門《なると》のうず潮に放り込まれたみたいや』と、ぼやきメールを送ってよこす。

『ええやないの出世したんやし、働きぶりが認められたってことやろ?』と返信したら、

『出世なんてこれっぽっちも考えてへんかった。かりかり仕事するんは性《しょう》に合わへんし。のんびりしてたいだけやのに』

と、またぼやいていた。

ナガラがしきりにぼやくのには、理由がある。役職についてからというもの、ゆっくりと休みが取れず、いまや恒例となっている「女ふたり旅」になかなか出かけられなくなってしまったからだ。

ナガラと私は、一年に四回ほど、季節ごとに旅をしている。三十六歳のときに、なんとなく始めて、いつのまにか恒例になり、かれこれ十年経った。お互い独身で、仕事をもっているから、自由な身の上と、自由に使えるお金がある程度ある。だから誰にも気兼ねせず、好きなときに好きなところへふたりで出かけていった。

のんびりするための旅、と決まっていたので、行くだけで体力を消耗する海外旅行はいっさいなし。日本の各地、あちこちへ、いで湯に浸《つ》かりに、地元の名物を食べに、素朴な人たちに会いに、花を見に、月を眺めに、雪見酒で一杯やりに、春夏秋冬、出かけていった。

三十代半ば、社内の面倒なできごとに巻き込まれて、心身ともに疲れ果て、なんのあてもなかったが、私は会社を退職した。

人生、いいときはどこまでもいいのに、ダメなときはとことんダメになるもんだなあ。

ほんとうに、落ち込んだ。もう、どうしていいかわからなくなった。

そんなとき、ひさしぶりにナガラからメールが届いたのだ。

『旅に出よう』という件名で。まるで、歌の一節のようなメールが。

「会社を辞めた」ってメールから、しばし時間が経過したよね。

ね、行かへん？　どこでもいい、いつでもいい。

一緒に行こう。旅に出よう。

人生を、もっと足掻《あが》こう。


あのメールを思い出すと、もう十年もまえのことなのに、なんだか、ほのぼの、微笑してしまう。

あんなふうにさりげなく、旅に誘ってくれなかったら――私の人生は、もっと味気ないものになってしまっていたことだろう。

私は、楽しげな歌に誘い出されるように、ナガラと旅に出た。

きっと、なんとかなる。いままで、なんとかなってきたんやもん。

ナガラと旅を重ねるうちに、根拠のない自信がむくむくと湧いてきた。やる気も一緒に湧いてきた。ついでに運気もついてくる気がした。

企業への再就職をあきらめ、フリーランスの広告ディレクターを始めた。ぽつぽつと仕事が舞いこむようになり、四十歳を過ぎた頃には、けっこう稼げるようになっていた。

そして、郷里の母にも、きちんと仕送りできるようになった。

そうして、気がつくと、「女ふたり旅」を始めて十年が経《た》っていた。

十年のあいだに、いろいろなことがあった。

いやなこと、しんどいことも多々あれど、私はどうにか仕事を続けてこられた。仕事を通じて、多くのクライアントや仲間を得ることができた。

ナガラはずっと相変わらずだったが、誠実な仕事ぶりを認められて、本人は迷惑がっているものの、ちゃんと出世した。

三十代は、ふたりとも、男運には恵まれなかった。が、さほど残念に思ってはいない。結婚せずにここまできてしまったが、「いっそ潔いやん」「これはこれで清々《すがすが》しいんとちゃう?」と、妙に納得し合っている。

ナガラのお母さんは、六年ほどまえに脳梗塞《のうこうそく》で倒れたが、その後、リハビリの甲斐あって、ナガラの郷里の小豆島で元気に暮らしている。

そして私の母も、どうにかこうにか、独り暮らしを続けていた。どこも悪いところはない、元気でいるから心配せんとって、と、電話をすればいつもそう言って、ひとり娘に心配かけまいとしているのがわかった。

ったのだ。

けれど——。

少しずつ、確実に、母は年老いていった。そうして、少しずつ、変わっていきつつあったのだ。

旅館のロビーで、ナガラが私の到着を待ち構えていた。去年の夏に信州《しんしゅう》を旅して以来、八ヶ月ぶりに会った友は、激務がたたってか、頬がげっそりして見えた。

「コンピュータのシステムを全部取り替えるとかで、ほんまに、毎日毎日残業でなあ……うち帰って寝て、朝がきて、会社行って、また残業して……」

部屋へ続く廊下を歩きながら、さっそくナガラのぼやきが始まった。

旅の最中は、お互いにあまり仕事の話題を持ち出さないのが常だったが、よほど疲れと不満がたまっているようだった。

「そうか、ようがんばったな。うん、ようがんばった」

くすくす笑いながら私が言うと、

「なんや、塾の先生みたいやなあ。合格はできへんかったけど、勉強したことに意義があるねんで、とか言われそうやし」

そんなことを言うので、私はいっそう笑ってしまった。

私たちの部屋は四階の角部屋で、南と西に大きく窓が開いていた。窓の向こうには、清々しい海が広がっていた。うわあ、と私は声を上げて、窓辺に歩み寄った。

三月末の播磨灘は凪《な》いで、ばら色に染まった夕焼け空をまるごと受け止めるように、悠々《ゆうゆう》と横たわっている。漁から帰ってくる漁船が何艘《そう》か、鏡面のような海の真ん中を突っ切って港へと吸い込まれていくのが見える。眼下には猫の額のように小さな浜辺があり、さらさらと波が寄せては引いている。

「確かに、ぎりぎり、波打ち際に建ってるね」

感心して言うと、

「せやろ。大浴場は、もっとぎりぎりやで。見せたげるから、行こ」

まるで自分の家を案内するように、ナガラは私の先を歩いて、大浴場へと連れていってくれた。

春休みの週末ということもあってか、大浴場は混雑していた。宿泊客以外で風呂のみ入りにくる客も多いのだ、とナガラはすっかりこの宿の事情通になっていた。

露天風呂は広々とした石造りの浴槽で、浴槽の縁と海景とが重なって見える絶妙な設計である。お湯につかると、水平線が目の高さに見える。空と海の境界線に向かって、いましも夕日が落ちていくところだった。

「わあ、ちょうど日没やね。きれいやねえ」

「ほんまやねえ。ええお天気でよかった」

私たちの周辺でお湯につかっている人たちが、口々に感嘆の声を漏らしている。三世代の家族らしき人たち、仲良しふたり組、三人組のおばさんたち。誰もがゆったりとして、潮風に顔を撫でられ、水平線に吸い込まれていく瞬間の夕日、その最後の輝きをみつめていた。

あたりまえだけれど、いま、ここにいるのは女性ばかり。それぞれに、どんな人生を送ってきたのだろう。

たやすいことばかりではなかったはずだ。ひょっとすると、つらいことのほうが多かった、という人もいるかもしれない。

それでもなんでも旅に出て、いま、ここにこうして一緒にいる。一緒に湯につかって、沈みゆく夕日を、一緒に眺めている。

どこから来て、何をしている人なのか、お互いに知らなくても。同じ場所で、同じ風を受けながら、同じ時間を過ごしている。

「偶然なんだけど、なんだか奇跡みたいなことやなあ」

思わず、つぶやいた。

ナガラが、「え？　なんのこと？」ときょとんとしたので、私はなんだかおかしくなって、またくすくすと笑ってしまった。

母の様子がどうやらおかしい、と気がついたのは、一年まえのことだった。

私の仕事の邪魔をしたくないからと、それまでは母のほうから電話がかかってくることはめったになかったのだが、「あんなあ、さっき電話くれた？」と、毎日のように電話をしてくるようになった。何か用事をしているときに電話が鳴って、出ようと思うともう切れている、あんたからじゃないかと思って心配になって——と、毎日毎日、同じことを電話口で繰り返す。

おかしい、と思って、その週末に急いで姫路へ帰った。私の顔を見ると、どうしたの、なんで急に帰ってきたの？　仕事は大丈夫なの？　と不思議そうな顔をする。でも帰ってきてくれたんはうれしいわ、せっかくだからあんたの好物作ろうね、何がいい？　と、いそいそと夕食の支度を始める。いつも通りの母だった。

それから三ヶ月ほどはおかしな電話もかかってこなくなったが、心配でこっちのほうから毎日電話をしていたからかもしれない。

夏頃に、ちょっと忙しくなって三日ほど電話をできないときがあった。すると、母のほうからかけてきた。なんだか何もする気がおきなくって……と。

病院で検査もしてもらったけど、どこも悪くはない。けれど体が重いし、何か胸騒ぎがする。そう聞いてこっちも不安になってしまい、あわてて実家へ帰ると、あら帰ってきてくれたの、大丈夫なのに大げさやねえ、と、やはりいつも通りの母なのだ。

一安心して東京へ戻ると、また毎日電話がかかってきて、何もする気がおきなくなって……と始まる。

——ひょっとすると、認知症？

ネットで調べたり、本を読んだりしてみた。母の症状と、ぴたりと合う気がした。

——どうしよう。

気になって、夜も眠れなくなった、徘徊《はいかい》するようになったらどうしよう。どこかへ行ってしまったらどうしよう。火をつけっぱなしで出かけたら。玄関の鍵をかけ忘れたら。振り込め詐欺に引っ掛かったら……。

気が気ではなく、一日に何度も電話をした。母が電話に出ないと、仕事が手につかなくなってしまう。近所に住む昔からの知人に電話して、無事を確かめにいってもらったことも、何度となくあった。

秋口以降は、月に二、三度ほど実家に帰るようになった。幸い、会社勤めではなかったから、帰ろうと思えばいつでも帰れる。しかし、東京と姫路の往復は、経済的にも肉体的にも、そして精神的にもこたえた。

ちょうど、ナガラも忙しくなって、旅に出かけられなくなっていた頃だった。とてもじゃないが、自分のほうも、のんきに旅をしていられるような状況ではなかった。そんなわけで、旅をすればすっきりと洗い流せるはずのストレスは、たまっていく一方だった。

ナガラには母のことは伝えなかった。言ったところでどうにもならないし、余計な心配をかけたくなかったのだ。

どうにかこうにか、だましだまし、何ヶ月かを過ごしてきた。

正月明けに、母を病院に連れていこうと試みたが、どうしても行きたがらない。痛いからいやだ、とか、入院させられたらいやだ、とか、子供のように駄々《だだ》をこねる。私の苛立《いらだ》ちは、ついに最高潮に達した。

——病院に行ってくれへんなら、もう私、この家に帰ってこないから。

つい、声を荒《あら》らげてしまった。すると、母の顔が見る見る青ざめた。そして、消え入りそうな声で、ごめんな、よっちゃん、ごめんなさい……と、小さく小さく、縮こまって、母は何度もあやまったのだった。

——帰ってこないなんて言わんといて。お母さん、ひとりっきりで、さびしいねん。

そう言われて、私は、震えが足下から上がってきた。

そのとき、私の目の前にいたのは、母ではなかった。私自身だった。

私は、急にさびしくなった。そしてこわくなった。

私だって、いずれ、ひとりになる。頼れる夫も子供もなく、ひとりになって、さびしい思いをするはずなのだ。

父が他界して以来、母は、ずっとひとりで暮らしてきた。娘が帰ってくるのは盆と正月だけ。それでも、私の仕事や体を気遣って、ひとりでも大丈夫だからと強がり続けて。

大学進学のために私が家を出て、もう三十年近く経っていた。

一緒に暮らしていた時間よりも、別々に暮らしていた時間のほうが、はるかに長くなっていた。

母を、彼女の人生の最後まで、ひとりっきりにしておいていいんだろうか。

母と私、お互いに、別々のままで終わっていいんだろうか。

できれば、一緒に暮らしたい。けれど、私の仕事のほとんどは東京にある。東京のクライアントから発注を受け、東京在住のデザイナーやコピーライターと組んで、広告を作っているのだ。

姫路に戻ってしまったら、仕事はどうなるのだろう。なんとかやり続けられるだろうか。いや、そんなこと、できっこない。

ひと月ほどまえ、帰省したときに、正直に母に言った。頼むから病院に行ってほしい。そうでないと、私のほうがダメになっちゃうかもしれへん、と。

母は、何かを悟ったように、おとなしく病院へ行ってくれた。

診断の結果、やはり認知症であると認められた。要介護3。すぐにケアマネージャーがやってきて、ようやく今後のことを相談することができた。

施設へ入っていただきますか、とケアマネージャーに問われ、私は首を横に振った。

――じゃあどうしますか。デイサービスを使うことはできますが、毎日じゃありません。夜も、どなたかが面倒をみないと……。

――私がやります。

と、即座に言いたかった。が、言葉がのどに引っ掛かって出てこなかった。

なるべく早く結論を出す、と約束して、ケアマネージャーに帰ってもらった。

ケアマネージャーと私のやり取りの一部始終を、母はそばにいて見守っていた。何を言うでもなく、ちんまりとこたつに入っていた。ケアマネージャーが帰ると、母は、私の顔をのぞき込んで言った。

――なんだかあんた、疲れとるねえ、よっちゃん。

私は大丈夫やから、ナガラさんと旅してきなさい。

清浄《せいじょう》な声だった。いつもと変わらぬおだやかなまなざしで私をみつめる母がいた。私は、涙が込み上げてしょうがなかった。

泣き顔を母に見られたくなかった。そっと立って仏間へ行き、父の位牌がある仏壇の前で、声を殺して泣いた。

昔から親しくしている隣家のおばさんに事情を話して、とにかく次に私が帰省するまでの二週間ほどは、一日に何度か様子を見てもらえるようにと頼んだ。

三日まえに帰ってきて、ケアマネージャーと協議した。私ができる限り帰ってきて母の面倒をみる。しかし、私がいられないあいだは、介護士に通ってもらうのと、デイサービスを組み合わせて介護することにした。必要があれば一泊の「おとまりデイサービス」もある。皆で支えていきましょう。とケアマネージャーに励《はげ》まされた。

そして、今日の午後。母は、介護サービスの車に乗って、一泊のデイサービスへと出かけていった。

にこにこと笑って、車窓の向こうで手を振って見せた。私も手を振って、それを見送った。ただそれだけのことだった。それなのに、またしても涙が込み上げてしまった。

夕食は、大きな窓のある食事処で準備されていた。私たちのテーブルは、昼間ならば海が見渡せるであろう窓際の席だった。

食事は牡蠣《かき》づくしのコースだった。私が「自称・牡蠣の生まれ変わり」というくらい牡蠣が好物なのを知っていて、ナガラが気をきかせて頼んでおいてくれたのだ。赤穂は牡蠣の産地としても有名だ。生牡蠣、蒸し牡蠣、牡蠣フライ、牡蠣鍋と、牡蠣のオンパレードで、三月いっぱいでシーズンが終わる冬の味覚の最後のひとすくいを堪《たん》能《のう》した。

母の一件で、ここのところあまり食欲もなかった私だったが、ひさしぶりに、おいしい、おいしいと連発しながら、ひとつ残さず平らげた。

食後のお茶で一服しているとき、それまでいつも通りテンポよくつながっていた会話が、ふと途切れた。けれどナガラとのあいだにときおり訪れる沈黙は、なんら重苦しくなく、会話の熱を冷ましてくれるささやかな休息のようだった。

私たちは、それぞれに、濃い緑茶を啜りながら、窓の向こうに広がっている夜の海を眺めていた。とはいえ、海景はもう漆黒《しっこく》の中に沈んでしまったので、実際には、黒一色の中に浮かび上がる浴衣《ゆかた》を着た自分の姿を、透視でもするようにみつめていた。

「ハグ、痩せたなあ」

ナガラが、ぽつりと言った。はっとして、窓ガラスの中のナガラを見た。ナガラは、やさしげな視線を、やはり窓ガラスに映った私に投げかけていた。

「お母はん、なんかあったんか」

静かに問いかけられて、私は、思わずうつむいた。

「……なんでわかったん？」

そう訊くと、

「そりゃ、わかるわ。去年の夏の旅以降、なんやらえらい頻繁に『いま姫路』とか『今週末実家に帰る』とか、メールくれたやないの」

ああ、そうだった。東京と姫路を行き来するあいだに、大阪で途中下車してちょっとナガラに会えないかと――顔を見て、たあいもない話をしたり、次の旅のプランを練ったりできないかと考えて、メールを送ったのだ。結局、ナガラのほうも忙しさがピークに達していたので、実現しなかったのだけれど。

私は、観念して打ち明けた。

「なんやら、一年くらいまえから、なんだかおかしいなあ、て感じとってん。やたら電話してきたり、つじつまが合わへんことを言うたり……心配でたまらなくって、できるだけ帰るようにしとってんけどな……もう、限界で」

そこまで言って、ふいに涙が込み上げてきた。が、涙ほど「女ふたり旅」に似つかわしくないものはない。ぐっと飲み込んで、私は続けた。

「経済的にも、身体的にも、東京と姫路を月に何度も行き来するのは、やっぱり限界があるし。とはいえ、いまの仕事は東京に主軸があるから、すぱっとやめて姫路に帰るわけにもいかへんし……」

そうか、とやわらかく相づちを打って、ナガラは何も言わなかった。

ちょっと肩透かしを食らった気分だった。いつものように、「イケるやろ」などと言ってもらえるのを期待していたことに気がついた。

「イケるやろ」とは、ナガラの口癖だった。大阪人はよく使うのだが、「大丈夫」とか「テイク・イット・イージー」のようなニュアンスを含んだ言葉だ。旅の最中に、ちょっとそれはムリ、というような局面で、「イケるやろ」とナガラがどこまでも楽観的に口にするのが、私は好きだった。なんの根拠もない、けれど流れるままに波に乗っていけば、最後にはなんとかなる。そんな感じで、ほんとうに、いつも結局どうにかなってきた。旅するふたりの魔法の言葉のようですらあった。

ナガラは、あーあ、と大きく背伸びして、

「お腹いっぱいになったら、なんや眠とうなってきた。部屋に帰らへん？」

そう言って、私の返事を待たずに立ち上がった。私も、それ以上、湿《しめ》っぽい話をするのは気が引けたので、「そうやな、行こか」と、立ち上がった。

部屋に戻ると、ふかふかの布団が並べて敷いてあった。私たちは、同時に、布団めがけてダイブした。この「食後の布団ダイブ」もまた、私たちの旅の恒例行事なのだった。

「マッサージ、頼もうか」

ナガラが言った。

「うん、ええな。そうしよ」

私は答えて、すぐにフロントに電話をした。まもなく、こんばんはあ、とふたりの熟女マッサージ師が現れた。四十分間、頭のてっぺんから足の先までほぐしてもらう。至福の時間だ。

マッサージの最中、隣のナガラのすうっ、すうっという寝息が聞こえてきた。

よっぽど疲れとってんなあ。

そう思いながら、私のほうも、ときどき意識がふうっと遠のいた。

マッサージが終わると、すっかり体が楽になって、気持ちも軽くなっていた。電気消すよ、とナガラの声がして、パチン、とスイッチが切れる。部屋の中は、窓の外と同じように、漆黒の闇に満たされた。

「ほな、おやすみ」

「うん。おやすみ」

ごそごそ、寝返りを打つ音がある。しばらくして、静かになった。

私は、仰向けに寝て「小」の字になっていた。体がすっきりしたせいか、奇妙に頭が冴《さ》えていた。暗闇の中、じっと目をこらすと、うっすらと真上に下がっている電気のかさの四角いかたちが見えてきた。

そういえば、ここは波打ち際ぎりぎりの宿だ。潮騒が聞こえないか、耳を澄ましてみる。しかし、物音ひとつ聞こえてこなかった。

「瀬戸内海《せとないかい》やもんなあ……波打ち際でも、音がしないのか」

なんとなく、ひとりごちた。いままでナガラと海辺の町に旅したときには、うるさいくらいに潮騒《しおさい》が聞こえてきたことが何度かあった。日本海や、太平洋に面した宿で、潮騒を枕に聞きながら寝付いたことを、なつかしく思い出していた。

「ほんまに、静かやなあ」

眠ってしまったとばかり思っていたナガラの声が、闇の中で聞こえた。

会えばいつまでもおしゃべりが尽きない私たちは、布団に入ったあとも、半分寝ながらでも会話を続けることがよくあった。疲れ切っているはずなのに、友はいつもの調子で、私の独り言にちゃんと反応してくれたのだった。

「私の小豆島の実家も、けっこう海の近くやねんけど、やっぱり波の音なんか聞こえたことあらへんわ」

そういえば、私は小豆島にもナガラの実家にも行ったことがない。ナガラもまた、姫路にも私の実家にも遊びにきたことはなかった。

旅には非日常を求めていたからか、私たちは、お互いのもっともプライヴェートな領域には自然と立ち入らないようにしてきたのかもしれなかった。

私は、見たこともないナガラの実家を脳裡に思い描いた。ごくふつうの日本家屋で、縁側があって、庭があって、庭の植栽の向こう側に海が——青いガラスのかけらのような海が見える、そんな家。

一度は倒れたお母さんだったが、いまはナガラのお兄さんと、実家でのんびり暮らしているという。ナガラも月に一度は帰省して、のんびり、ゆったり、近所の浜辺を散歩する、と以前教えてくれた。

そのことをふと思い出して、暗闇の中、真上の電気のかさのかたちに視線を放ちながら、私は訊いてみた。

「帰省したときは、お母さんと散歩に行って、波打ち際を歩いたりするの？」

ふふっ、とかすかな笑い声が聞こえた。

「波打ち際なんか、お母はん連れてたら危なくって歩かれへんわ。波に足を取られてしまうし」

「あ、そうか。それもそうやね」

ふふ、と私も笑った。

「でもなあ。波打ち際を歩けるうちに、もっとちょくちょく帰ればよかったなあ、て思うねんよ」

しばらくの沈黙のあと、ナガラが言った。とても静かな、やさしい声だった。

「仕事が忙しいとか、彼とのデートが忙しいとか、なんやかんや理由を作って、めったに帰らへんかったもんなあ。せやけど、親がだんだん年をとってくると、お母はんと私、母と娘でいられる時間はだんだん減っていくんやなあ、とつくづく思う」

仕事をすることも、仲間と付き合うことも、私らふたりで旅をすることも……どれも人生にかかせない大切なことやと思う。

だけど、いままでずっとひとりで過ごしてきたお母はんに、ふたりで過ごす時間を返してあげることは、きっとどんなことより大切なんとちゃうかなあ。

ナガラの言葉に、私はじっと耳を傾けていた。まるで、すぐ近くでこだまする、やさしい潮騒のような声だった。

「……なんとかなるかな」

私は、自分に問いかけるように、囁き声で言った。

「もしも、東京を引き上げて、姫路に帰ったとしても。……どうにか、やっていけるかな」

うん、とナガラがうなずくのがわかった。

「大丈夫。イケるって」

暗闇の中、真っ黒な天井の一点をみつめて、私は、胸の中が熱いものにふわっと満たされるのを感じていた。

しばらくして、すうっ、すうっと、心地よさそうな寝息が聞こえてきた。友の寝息に聴き入るうちに、とろりと眠気のヴェールが降りてきて、私もいつしか眠りについた。

翌朝、晴れ渡った空いっぱいに春の日差しが満ちていた。

「また、お天気に運を使うてしもうたなあ」

旅館の玄関を出てすぐ、青空を見上げてナガラが言った。

「こんなことにちょこまか運を使うて、結局、婚期逃してしもうたんやなあ、私たち」

ぶつくさとぼやく友の背中を叩いて、「ま、人生まだ終わったわけじゃなし」と、私は明るく言って笑った。

「ええ？　まだあきらめてへんの？」

ナガラが呆《あき》れた顔をするので、

「ええやん。まだまだ、あと何年かは四十代やもん」

私は、涼しい顔をしてみせた。

岬の上にある眺めのいいイタリアンレストランに、ナガラがランチの予約をしてくれていた。けれど私は、母を迎えにいくからと、先に帰ることにした。

――今日、母に話そうと思う。もういっぺん、一緒に暮らそうって。

朝食のテーブルで、私はナガラにそう宣言した。ナガラは、うん、それがええ、とさりげなく応えて、好物の鯵《あじ》の干物《ひもの》をけんめいにつついていた。

ナガラはレストランに電話をして、おひとりさまでも大丈夫ですか？　と問い合わせた。もちろんどうぞ、との答えを得て、ハグのぶんまで堪能するし、とうれしそうに言った。

「たまにはひとりで優雅にランチもええもんや」

と、それはそれで楽しもうという様子。友のそういうところが、私は大好きだった。

「ちょっとだけ、波打ち際を歩かへん？」

私はナガラを誘ってみた。旅館の裏手に遊歩道があり、そこから猫の額ほどの浜辺に出られるようになっていた。

きのう、それをみつけたときから、明日天気になったら歩いてみたいな、と思っていたのだ。友と一緒に。

「ええね。行ってみよか」

小さな浜辺に、さざ波が寄せては返している。ストッキングをしっかりはいている私たちは、若い人たちのように、さっそうと裸足になれないのが残念だった。けれど、ローヒールの靴でやわらかな砂を踏み、レースのような波の泡がつま先に届きそうなところまで、ふたり並んで近づいていった。

「ああ、ほんまにえーえ天気やなあ」

いかにも気持ちよさそうに、ナガラがうーんと伸びをする。私も真似して、思い切り背伸びをした

「春の海　ひねもす　のたりのたりかな」

ナガラが、何やら楽しげに一句、口にした。「お、風流やね」と私が言う。

「せやろ、小林一茶《こばやしいっさ》やし」

「え？　与謝蕪村《よさぶそん》とちゃうの」

「え、せやったかな？　いや待てよ、ひょっとして松尾芭蕉《まつおばしょう》……」

「だから、蕪村やて」

さざ波が、ふたりのつま先に届きそうになっては、また引いていく。きらきらとさんざめく春の海が、私たちの目の前に、ただおだやかに広がっている。

笑う家

毎週火曜日、いつもより三十分早起きして、朝食のしたくをするよりさきに「よそ行き顔」のしたくを始める。

目の下のクマを隠すべくコンシーラーを厚塗りして、ファンデーションもちょっと厚めに塗る。厚塗りすればするほどオバさんっぽくなってしまうのはわかっているのだが、パソコンの画面越しにネット会議をするわけで、多少「塗り壁」に仕上げたほうがきれいに見えるんじゃないの、などと思う。介護疲れや五十女子——五十女とは言いたくない、たちまち老けた感じになるから——の独り身のわびしさをなんとしても封印したい。たった一時間だけ、私がいまいる郷里の町と、いまでは遠くなってしまった東京が、ネットワークで繋がっているあいだだけは。

「喜美ちゃーん。よしみぃ」

自室の机の上に化粧道具をずらりと並べて、短いまつげをなんとかうまくカールさせようと、ビューラー片手に格闘中のところへ、母が呼ぶ声が聞こえてくる。

「なにー？　お母さん、私ここにいてるよ。何かあったん？」

ビューラーを手にしたまま、腰を浮かせて部屋の外に耳を傾ける。母が私の名を呼ぶとき、いつもかすかに緊張する。転倒したとか、やけどしたとか、大事が起こったんじゃないかと。たいていの場合は、そんなことでいちいち呼ばないでよ、と腹立たしくなるほど、どうでもいいことなのだが。

「喜美ちゃーん。困った、困ったでぇ」

何やら切実な声だ。ったくもう、とつぶやきつつも、ビューラーを机の上に放り出して、大急ぎでキッチンへ行く。

エプロンをつけた母が、包丁を片手に棒立ちになっている。

「ちょっ……お母さん、何やってんの。危ないやん」

私は大股で母に近づき、やおら包丁を取り上げた。あっと小さく母が声を上げた。

「なんでやの。たくあん切っとうだけやん。あんた、朝ご飯作ってくれへんさかい、お腹が空いて、空いて……」

半べそをかかれてしまった。まずい、と思って、

「どうしたん？　困った、困った言うとったで？　何が困ったん？」

あわてて話を逸らした。さりげなく、しかしすばやくシンクの横の引き出しに包丁をしまい込む。

「ああ、そうやった。あのな、入れ歯がのうなってしもうてん。いま、たくあん食べよ思うたら……」

「入れ歯？」

こくん、とうなずいた。こんなとき、八十二歳の母はまるっきり童女のようである。白髪のざんばら頭で入れ歯を外したおいなりさんみたいな顔に、おやつを食べようとしたら取り上げられてしまった女の子そのものの表情を浮かべている。

卓上の置き時計にちらりと目をやる。ちょうど八時だ。ネット会議は九時ぴったりにスタートする。それまでに朝食のしたくをして、母と一緒に食べて、薬を飲ませて、母が好きな「男はつらいよ」シリーズのＤＶＤをセットして、母がそれに熱中しているあいだに朝食の片付けを済ませ、母のベッドをきれいにして、洗濯機をセットして、ゴミを出して、そして……何事もなかったようにパソコンの前に座る。このすべてを六十分ぎりぎりでやっつける。ゆえに、入れ歯を探している余裕はない。

「おかしいなあ、どこへやってしもたんやろ……」

母は食器棚の戸棚の中やら引き出しの中やらを探し始めた。夕べ作った煮物の鍋の中までのぞいている。「そんなとこにあるわけないやろ！」と私にツッコまれ、また半べそをかいた。

まったくもって時間がない。が、入れ歯がなければ母の一日は始まらない。

よし、五分だけ。五分だけ集中して探そう。と、腹を据えた。

「ちょっと座っとって、私がみつけるさかい」

母をダイニングチェアに座らせて、スマートフォンのタイマーを「五分」にセットし、捜索を開始。最近は、何をするにもこうして「制限時間」を設けて取り掛かる。誰に教えられたわけでもないが、効率よく物事を進めるのにちょっとした制約はむしろ推進力になるのだと、自分で気がついてそうしている。五十数年生きてきて、こういう知恵はそれなりについてきたなと感じるこのごろである。

それにしても認知症の母がどこかに置き忘れた入れ歯を五分以内に探し出すのは、なかなか至難の技である。これがメガネなんかだと、頭の上にちょこんと載っけた状態で「メガネ、メガネ」とやっていることはしばしばなのだが、さすがに入れ歯を頭の上に載っけているのは見たことがない。

四分、三分、二分……私は興福寺《こうふくじ》の阿修羅《あしゅら》像のごとく両手を振り回し、体を回転させてキッチン中を捜索した。母は食事が終わるとシンクの水道で入れ歯を洗い、その付近に置いているはずだから、キッチン内のどこかにあるはずだった。が、トイレとか寝室とかで外してしまった可能性もある。「座っとってな」と念を押してから、私は母の寝室にすっ飛んでいった。

枕元で捜索を始めたところ、「喜美ちゃん。よしみぃ」とまた母の呼ぶ声。むかっときた。私は大股でキッチンへ戻った。再び母が棒立ちになっている。

「座っとってて言うたやろ！」

思わずどなると、童女がまちがって梅干しを食べてしまったような顔になった。消え入りそうな声で、母が言った。

「……あった」

入れ歯は、冷蔵庫の冷凍室でキンキンに冷やされていた。取り出そうとして、あまりの冷たさに「ひゃっ」と手を引っ込めた瞬間、「五分終了」のタイマーが、ピヨピヨ、ピヨピヨとのんきに鳴り始めた。

引っ越しました、とのショートメールが友から届いた。

一日の終わり、母をお風呂に入れて、三十分ほど一緒にテレビを見て、入れ歯を外して、母がふとんにもぐり込んだのを見届けてから電気を消して、キッチンへ行って、さあこれからもうひと仕事、のまえにハーブティー淹れて……というタイミングである。まったく、毎度、私の行動を透視しているかのように、ほっと一息のひとときを狙いすまして、ナガラからのメッセージなのである。

『なんとかがんばって通勤しよう思うとってんけど、もうアカンわ』で始まる友の愚痴メッセージ。「ガラケー」時代も結構な長文メールを送ってきたが、去年、ようやくスマホに変えてから、目の前に私がいるかのようなしゃべり言葉のメッセージを送ってくるようになった。

『芦屋から八尾、片道一時間半やで。残業終わってうちに帰り着いたらもうヘトヘトやねん。で、会社から徒歩三分のところに新築の賃貸マンションみつけて、引っ越したわ、ついに』

ナガラはいつもこんなふうに、関西弁全開のメッセージで、堰を切ったように滔々と、いやつらつらと、じゃなくてわいわいがやがやと話しかけてくる。彼女のショートメールを受け取れば、仕事の手を止めてすぐに返事をする。それからしばらくは、友が目の前に現れたかのように、にぎやかな会話が続く。

『ほんまに？　ほな、ついに「フラット芦屋」出てしもうたんやなあ。何年住んだんやったっけ？』

『それがビックリ、三十年よ』

『ええっ、マジで？　あの狭いワンルームのアパートによくぞ住んだなあ。いっとき、近所でマンション買うって意気込んどったけど、結局買わずじまいやったしな』

『せやかて、あのアパートが好きやってん。大学卒業してすぐ住み始めて、大震災のときかて大丈夫やったし。けど、もう体力の限界でなあ』

最近は、お互いに忙殺されていた。ナガラは、勤続三十年の証券会社で辞令が出て、大阪支店から八尾支店へと転勤になった。私は、認知症の母の介護のため、ひとり暮らしをしていた東京から郷里の姫路へと戻り、自宅でフリーの広告ディレクターを続けていた。

同じ関西圏に住んでいるのだから、会おうと思えば会えそうなものだが、なかなかそうもいかない。ましてや、旅にも出かけられない。メールや電話ですぐにつながることができるけど、旅する時間を捻出できない。それがいちばん残念だった。

ナガラとは大阪の大学時代から主に関西近郊へ一緒に旅行していた。お金はなくても時間だけはたっぷりあったあの頃は、旅先では時間をかけて行きたい場所に全部行き、私が好きな美術館もゆっくり時間をかけて鑑賞し、食事はB級グルメで済ませたものだ。それでも楽しくってたのしくって、私たちは旅のあいだじゅう、ずっと笑っていた。何かが特別おもしろい、というわけでもない。けれど、友と一緒に笑うのに理由なんて必要なかった。

その後、ナガラは大阪で就職し、芦屋の新築のアパート「フラット芦屋」でひとり暮らしを始めた。私は東京の広告代理店に就職を決めた。ナガラの実家は小豆島にあったが、大学を出て実家に帰るという選択は、彼女にも私にもなかった。私たちの同級生で卒業後郷里に帰ったのはわずかにひとりだけ。その子は金沢の大病院のひとり娘で、医師とお見合いして、結婚して、夫には婿になってもらって、子供もすぐに産んで、人もうらやむ家庭を築き上げた。大卒ですぐ帰郷するなんていうのは、かなりの特例だ。

私たちは「男女雇用機会均等法」の一期生で、「男にだけは負けたくない」と鼻息荒く働いた世代である。「キャリア・ウーマン」、いまではお笑い芸人くらいしか使わないその呼称を地でいっていた。

めでたく東京でキャリア・ウーマン予備軍となった私は、仕事に打ち込むあまり、それからしばらくのあいだナガラと疎遠になってしまった。

まだネットもケータイもない時代、コミュニケーションの手段は手紙か電話をかけることくらいしかなかった。が、お互い忙しい身の上で、会社に電話するなどもってのほか。自然と連絡が途絶えてしまった。この時期、私たちは旅から遠く離れたところにいた。

大学卒業後十年以上経ってから私たちのふたり旅は始まった。

ほんとうにいろいろなところへ行った。旅先でさまざまな体験をした。忘れがたい出会いもあった。私の四十代は、ナガラとの旅で作られたと言ってもいい。

五十代になっても、六十代になっても、気力と体力が続く限り、こんなふうに旅をし続けたいな、と思っていた。

ナガラとの「女ふたり旅」を始めて十年ほど経った二年まえ、郷里でひとり暮らしをしている母が認知症になった。

まさか、と思ったが、その「まさか」だった。こんなふうに「まさか」というものは、ある日突然、なんの予告もなく、ひらりと目の前に下りてくるものなのだな、と知った。

三十代のときに、結婚するはずだった人と別れたときには「まさか」とは思わなかった。会社を辞めざるを得なくなったときにも。「そういうこともあるかも」と、心のどこかに疑いの種を隠し持っていたような気がする。恋人や会社に対しては、九十九パーセントは信用しつつも、ほんの一パーセント、ごくささやかな疑いを持ち続けて、いざというときの予防線を張っている。とどのつまり、恋人とか会社とかを百パーセント信用してはいけないと、心のブレーキに常に片足を置いていたのかもしれない。

それにひきかえ、一パーセントの疑いももたず、信じること以外にはできない存在。それが母親なのだ。だから、母が認知症になってしまって、突然「まさか」が目の前に降臨したのだった。

夫に先立たれ、きょうだいもいない。母が頼れるのは私以外にはないのである。となれば、私が郷里に帰って母の面倒をみるほかはない。

悩み抜いた末、母のもとに帰る決心をした。仕事も制限されるし、旅行もそうそうできなくなる。けれど、「大丈夫。イケるって」と背中を押してくれたのはナガラだった。

ナガラのお母さんも、故郷の小豆島でひとり暮らしをしていたが、脳梗塞で倒れた。その後回復して、いまではケアホームで暮らしている。ナガラは月に一、二度、お母さんの顔を見に帰郷していたが、会社に勤務しながらだとそれが精一杯だという。

フリーランスで仕事をしている私は、どこで暮らそうとそこが私の仕事場になる。介護と仕事の両立は大変だろうけど、きっとどうにかなる。大丈夫、イケるって――と励ましてくれた。

母の介護、その合間に自宅で仕事。目の回るような日々が過ぎゆき、またたくまに二年が経った。

その間、ナガラとの旅はたったの二回。一度は、ナガラが姫路に来てくれた。化粧直しの終わった姫路城を訪ね、プリンセス・ロードのおでん屋でビール。もう一度は、私が芦屋へ行って、春爛漫の芦屋川沿いをそぞろ歩き、はらはらと風に舞い散る桜を全身に浴びた。お互いの住む町を訪ねる、こういう旅のかたちもあったのか、と不思議に新鮮だった。

芦屋を訪ねたのは、この春のことで、実に三十年ぶりだった。

最後に訪問したのは、ナガラがアパートに入居してすぐ、引っ越し祝いとお互いの就職祝いを兼ねて、フレンチレストランで祝杯を挙げたときのこと。少し大人になった気がして、なんだか照れ臭かった。同時に、これからはしばらく友に会えなくなるのだと、ほんのりさびしかった。

あのときも春で、川沿いの桜のつぼみがようやく膨らみ始めていた。満開の桜を見ることなく、私は東京へと発ったのだ。

あれっきり来ることがなかったが、五十代になってようやく再訪がかない、桜に歓迎してもらっているようで、しみじみと嬉しかった。

その芦屋からナガラが離れてしまった。私ですらさびしく感じるのだ、ナガラはよほど残念だっただろう。けれど、仕事を続けるために、きっぱりと引っ越しを決めた。寄せる波には抗わず、それに乗っていく。それがナガラの生き方なのだ。

『ますます忙しそうやね。でもまあ、「職住近接」ってのは、近頃の時流やし、ええんと違う？』

スマホをキッチンのカウンターに載せて、ポットにカモミールのティーバッグを垂らしながら、ショートメッセージを続ける。

『ハグが言うんなら間違いなしやな。じぶん、「職住同一」やもんな』

思わず噴き出した。うまいことを言う。

『まあね。やってできないことはないってわかったけど。いまはネットで仕事のクライアントの顔を見ながらリモート会議もできるし』

私にとっての依頼主《クライアント》とは、広告代理店の営業マンやプロデューサーを指す。そして彼らにとっての依頼主は、広告を発注する企業である。たとえば、とある化粧品会社が新聞に広告を出稿したいとする。広告代理店の営業マンがこの話を社内のプロデューサーにつなぐ。プロデューサーは、広告の制作をまとめて進行を管理する広告ディレクターである私に業務を発注する。私はその企業のイメージに合う広告を作れそうなグラフィックデザイナーやカメラマンやコピーライターに声をかけて、新聞に出稿する広告の原稿作りの進行役となり、予算を預かってお財布係も担当する。

私がどんな仕事をしているのか、何度説明してもナガラにはちんぷんかんぷんのようだった。逆に、大手証券会社でいまや総務課課長と肩書きも頂いたナガラの業務は、何度聞いてもよく理解できない。結局いつも「まあ、お互い大変やけどどうにかなってる」ということで納得するのだった。

『すごい世の中になったなあ。家から一歩も動かなくても仕事できるとは……ちょっとまえには考えられへんかったな』

ようやってるやん、とナガラが感心する顔が目に浮かび、思わず微笑む。

それにしても私たちは、ネットで中継して顔を見ながら話をするでもない。いまではネットで無料電話もできるのに、電話もせずに、こうして延々メッセージを送り合っている。

お互い口には出さないけれど、私たちはいやなのだ。ぜんぶリモートでできるからもうええやん、となってしまうのが。ネットのビデオ通話で顔も見られるし、電話代を気にせずにいつまでも話せるのだから、もうそれでいいじゃないか。実際に会わなくたって、わざわざ旅に出なくたって。――そうなってしまったら、それっきりのような気がして、いやなのだ。

なかなか会えない、旅に出られない状況が続いている。でも、いつかまた、きっとふたり旅に出よう。

私たちは、お互いに、メールの中でそんな思いはおくびにも出さなかった。けれど、少なくとも私は、そう思っていた。

いまは、こんな状況だけど。血相変えて母の入れ歯を探した一時間後に、涼しい顔でパソコンの前に座り、何事もなかったかのようにクライアントとの会議に臨んでいる。

ひと瓶一万円の美容液をどう売っていくか協議しながら、頭の中では、母の紙パンツをそろそろ生協に発注しなければ、と考えている。——そんな私には、旅する計画なんて、いまはこれっぽっちも浮かばないのだけれど。

眉毛を片方描いたところで、「喜美ちゃん。よしみぃ」と母の呼ぶ声である。

その日、大きな仕事をひとつ終え、ネット会議でクライアントに最終報告をするタイミングだった。報告書をまとめるのに時間がかかり、なんとか徹夜で仕上げて、ようやくメールで送った。明け方一時間ほどうとうとしただけの完全な寝不足顔だ。これはまずいと、目元に化粧水を含ませたコットンを貼り付けて、なんとかクマをとろうと涙ぐましい努力をしてみたが、こういうときは五十女子のツラいところで、まったく回復の余地なし。仕方なくファンデーションとコンシーラーの厚塗りでごまかすことにする。せめて眉毛くらいきりりと、と片方描き終わったところで、

「喜美ちゃん、困った、困ったでえ」

無視しようかと思ったが、母親の悲痛な声ほど無視できないものはこの世にない。捨てられた子猫の鳴き声と同等かそれ以上ではないか。私はアイブロウペンシルを放り出

して、いつもの一・五倍の大股でキッチンへと行進した。

そこに母が棒立ちになっていた——かと思いきや、母の姿がない。あれっ、となった。

「お母さん？　どこにいてるん？　お母さあん」

大声で呼んでみた。弱々しい声が返ってきた。

「こっち、こっちや。おトイレ」

いやな予感がした。

すっ飛んでいくと、トイレの前で下半身をびしゃびしゃに濡らして棒立ちになっている母がいた。

「あ……っ」

と私は叫びかけたが、あわててそれをのみ込んだ。何かとてつもなくひどいことを、母に向かって言い放ってしまいそうだったのだ。

「動かんとって、動いたらあかんよ、な？」

言い聞かせると、母はこくんとうなずいた。早足で母の部屋へ行き、箪笥のいちばん下から紙パンツを取り出す。替えのズボンを引っ張り出しながら、あんなに言うたのに、とむらむら憎しみが込み上げる。

母は紙パンツが嫌いだった。油断すると、すぐに脱いでしまう。脱いだらあかんよ、びしゃびしゃになるさかい、な？　と嚙んで含むようにして言い聞かせ、だましだまし、なんとか「おもらし」せずにやってきたのに。

爆発しそうな憎らしさにふたをして、母を風呂場へ連れていき、下半身を洗って、紙パンツをはかせ、新しいズボンをはかせた。母は、そのあいだじゅう、借りてきた猫のようによそよそしく、雨に打たれた子犬のようにしょんぼりとうなだれていた。

ようやくひと息ついたかと思ったら、「お腹が空いた」ときた。私の中でむくむくと憎しみが頭をもたげる。その憎しみヤロウの頭を引っぱたいて、

「わかった。ちょっと待って。すぐ朝ご飯作るから」

と答えた。

味噌汁を作り、塩鮭を焼いた。ご飯を茶碗によそいながら、卓上の時計をちらと見遣る。九時半を過ぎていた。

「あーっ！」

今度こそ私は叫んだ。自室へ飛んでいき、パソコンの電源を入れる。ネットワークに繋がるまでの数十秒すら、待ち切れなかった。

インターネットの「ビデオチャット」のアプリをクリックして、クライアントを呼び出してみる。応答がない。もう一度トライする。もう一度。もう一度。……もういちど。

「喜美ちゃん。よしみぃ」

母の呼ぶ声がする。

「お腹空いたよぅ」

私は、歯をくいしばった。そして、パソコンのキーを両手で思い切りぶっ叩いた。

それまでずっと私に仕事を繋いでくれていたクライアントからの依頼は、その日を境に途絶えてしまった。


母が寝静まった深夜近く、お風呂から上がって、爪を切る。

新聞紙を広げ、ぷつん、ぷつん。色気のない爪。四十代のうちは、ネイルサロンに行く余裕もあったけど、いまじゃ、とても、とても。

傍らに放り出していたスマホがふっと光って、メール着信のアラートを鳴らした。こんなときにメッセージを送ってくるのは、ナガラに決まっている。

『お母はん、今日はちゃんと入れ歯外したか』

ぷっと噴き出した。どういう話題よ、いきなり、もう。

最近は、母の介護のこと、仕事のこと、もっぱら私のほうが愚痴メールを送っていた。

母の入れ歯のことも、失禁のことも、最重要クライアントに仕事を打ち切られてしまったことも、何もかもぜんぶ、ナガラに話した。いや、話したというよりも、ぶっちゃけた。

そんなとき、ナガラは、持ち前ののんびりした口調そのもののメッセージを返してきて、なぐさめとも励ましともいえないような、まったく関係ない話題を持ち出したり、自分のほうの愚痴返しをしてきたり、けれど最後はいつでも『大丈夫。イケるって』と結んでくれた。

ナガラに「イケるやろ」と言われると、たいがいのことは大丈夫な気がしたし、実際大丈夫だった。だから、ナガラの「イケる」は、私にとって不思議なおまじないの言葉になっていた。

母が失禁したとき、その後始末に熱中するあまり、大事なクライアントとの約束をすっぽかして信用を失い、その後、仕事が大幅に減った。生活は苦しくなりそうだったが、地元の広告代理店につてができて、小さいながらも継続的に仕事が入ってくるようになった。その一部始終を逐一私はナガラに報告してきた。ナガラは、こんなふうにメッセージを送ってきた。

『ええなあ。お母はん、かわいい。子供みたいやん。ハグが子供だったとき、きっとお母はんもおんなじようにしてくれたんと違う?』

そういえば、そんなことがあった。母は、彼女の年代には珍しく、子育てしながら会社勤めをしていた。父の出勤を見送り、私を学校に送り出してから、大急ぎで片付けをして仕事に出かける。ある朝、私は食中毒になって、上から下からぜんぶ出してしまった。仕事に出かける身じたくをすっかり整えていた母だったが、汚れたものを片付け、服を取り替えてくれ、病院に電話をして往診を頼み、ひとときも離れずに私のそばにいてくれた。おかしなものを食べさせてしもうてごめんな、お母さんが悪かった、ごめんな、ごめんな……と、ずっと謝り続けていた。

『うん、そうやった。ずいぶん、迷惑をかけたわ』

と返信すると、『せやろ』とすぐに返ってきた。

『そのときの恩返しやて思うたら、どんなことより大切な仕事を、ハグは、いま、やってるんと違う?』

うん、と私はうなずいた。目の前に、友がいるかのように。

『それに、お母はんがお粗相しはったとき、ハグ、あわてとって眉毛片っぽしか描いてへんかった、言うてたやろ? そんな顔でビデオ通話してみ。どっちにしてもお断り、やったで』

あはは、と笑ってしまった。まったく、その通りだ。

『仕事を少しセーブして、お母はんにしっかり付き合ってあげなさい……って、どこぞにいてはる神さまが言うてはるんやろ』

またまた、のんきなことを。ふっと涙が込み上げた。

『そうなったら、これからは「女ふたり旅」、もっと難しくなるんやろなあ』

ボヤいてみた。すると、間髪入れずに返事がきた。

『こっちは大丈夫やで。そっちさえよければ』

それから、ナガラは、長いながいメッセージを送ってきた。

――なあ、ハグ。私、ときどき思い出すねん。ハグと学生時代、最後に行ったふたり旅のこと。

倉敷に行ったやろ? ハグはあの頃、アートが好きで、私はもっぱらB級グルメ。それぞれの行きたいところにはお互い付き合おうって決めて、倉敷でも、美術館とご当地グルメの店に行ったこと、覚えてる。

ずっと行きたがっとった大原美術館、ハグはめっちゃ興奮して、熱中して観てたよな。私は、ふうん、なんか知らんけどすごい作品がいっぱいあるなあ、って、ぽかーんとしてた。

でも、大原美術館の工芸館に行ったとき、あれっ、これなんかおもろいな、ってみつけた作品があってん。

それがな、なんていう人が作ったものか、もう忘れてしもうてんけど、ガラスケースの中に展示してあった小さな陶器、蓋つきの入れ物で、青い家の絵が描いてあってん。その家が、どう見ても、私には笑ってるように見えてん。

あのとき、思ったことがあるねん。

これから、ハグも私も、就職して、それぞれ新しい町の新しい場所に住んで、新しい人生が始まる。そのあと結婚するかもしれへんし、せえへんかもしれへん。だけど、ふたりでいつまでも、こんなふうに旅ができたらええな。

いま、ふたりで旅をしてるこの時間を、こんな小さな「笑う家」をわくわくしながらみつめているこの瞬間を、なつかしく思い出しながら、いろいろあったけど、私ら、いまも楽しくやってるやん、それってすごいことちゃう？　って、笑い合ってたらええな。

そんなふうに思って、いつまでも、その「笑う家」の前から動けずに、ずうっとずうっと、みつめ続けてた。

はっと我に返って、急いで出口へ行ったら、ハグが待ちぼうけしてて、どうしたん？

って。いやそれがなあ、家が笑っててん、って答えたら、ハグ、めっちゃ笑ってた。なんやのそれ、意味わからへんし、って。

いま、こうしてメールを書きながら、私の胸の中に、あの家がある。あいかわらず、笑ってるわ。

なんか、安心。どんなに時が経って、私らが年をとっても、あの美術館のケースの中で、あの家が笑ってる。

そう思ったら、なんか大丈夫、イケるって！　って思えるんや。

おかしいかな？

私は、思わず、くすっと笑い声を立てた。

――笑う家。ぴんときた。明治時代にイギリスから日本へやってきて、この国で陶芸家になったバーナード・リーチの作品だ。

私もあの一点のほのぼのとしたあたたかさに心惹かれて、ポストカードを買って帰ったのだ。だから、はっきり覚えていた。

『なあ、ナガラ。そっちさえよければ、また旅しよか？』

ほんの少し迷ったけれど、そう誘ってみた。と、すぐに返事がきた。

『うん。旅をしよう』

『忙しくても？』

『もちろん。こっちはいつでも準備万端やで』

メッセージから、歌声が聞こえてくる気がした。

足音を忍ばせて、母の寝室へ行く。ぽかんと口を開けてよく眠っているのを確認して、音を立てないように襖を閉める。

自室へ行こうとして、ふと、キッチンに寄り道をした。

冷蔵庫の冷凍室の引き出しを開けてみる。入れ歯がちゃんと冷やされていた。

笑い声をこらえて、引き出しをそっともとに戻す。明日、朝いちばんでナガラに報告しようと思う。

遠く近く

福山《ふくやま》駅に到着したときには、夕方五時を少し回っていた。

九月の初め、まだまだ残暑が続いていた。新幹線のホームから下りのエスカレーターに乗り、改札を出たタイミングで、バッグの中のスマートフォンがメールの着信音を軽やかに鳴らした。

『さきにチェックインしてのんびりさせてもろてます。貸し切りの家族風呂があるねんけど、六時から予約してもええ?』

なんとものんきなメールの送信者は、ナガラである。タクシー乗り場に向かいながら、早速返信する。

『こちらいま福山駅到着。最終の送迎バスに間に合わへんかった〜。タクシーで行くけど、三十分くらいかかるみたいやから、六時にお風呂だと着いてすぐやん? 六時半じゃあかん?』

タクシーに乗り込んで、「すみません、鞆《とも》の浦《うら》の『御宿《おやど》近遠《こののえ》』まで」と宿の名前を告げた。

「ここからどのくらいで着きますか?」

「近遠さんね。二十分くらいで行きますよ」

運転手さんが答えた。と同時に、ナガラからメール。

『着いてすぐ温泉でひとっ風呂なんて、そんな贅沢なことほかにあらへんで』

まあ、確かに。

ひさしぶりに旧友と会う直前のメールのやり取り。これがまた、旅の愉しみのひとつなのである。

ナガラは、その日の昼頃、大阪府八尾《やお》市にある自宅マンションを出発。『いまから出陣』とメールで一報入れてきた。それから時々刻々、こまごまと報告してきた。『バスに乗りました、渋滞中』『新幹線けっこう混んでるわ』『駅弁やめて軽～くサンドイッチにしといた、夕食思いっきり食べるつもりやし』『いま姫路を通過中、お先に～』『着いた！　ばらのまち福山、ってポスターが出てる。ばらの栽培が盛んな様子』『お宿に入りました。おおー目の前、海やーー』『おーいハグ、早よおいでや～』

メッセージが届くたびに、微笑が込み上げる。こんな状況で旅なんかしてもいいのかなと、ずうっと縮こまっていた気持ちが次第に開いていくのがわかる。

「運転手さん、鞆の浦って、源氏と平家の合戦があったところですよね？」

これもいつもの旅のおきまり、駅から宿までタクシーに乗った場合、到着までの道々、これから訪問する町について運転手さんに尋ねる。運転手さんはほんとうに物知りなのだ。歴史、グルメ、宿、流行のもの、最近お忍びで遊びにきた芸能人……なんてレアなニュースもときには飛び込んでくる。トラベルガイドがなくても、タクシー運転手さんがいてくれれば大丈夫。

私の質問に、運転手さんはさも面白そうに笑って、

「お客さん。そりゃあ壇《だん》ノ浦《うら》じゃろ」

突っ込まれてしまった。

「あ、そうか。そうでした」と私は苦笑した。

またメールの着信音。スマホの画面を見ると、ナガラからメッセージとともに写真が届いている。

『五時からお風呂に入ってもええと言われたので、先に入ってしまった。ごめん！　湯船の目の前は、絶景！』

瀬戸内の海のまぶしい照り返しの中に、ぽっかり浮かぶ小さな島々。「うわあ」と思わず、小さく声を上げた。

この風景が、まもなく私のものになる。そのほんのいっときだけでも、現実を忘れよう。

日本全国女ふたり旅。気がつけば十五年が過ぎていた。

が、ここしばらくは、お互いに――いや、特に私のほうが、色々と仕事にも生活にも変化が訪れて、なかなか旅に出るふんぎりがつかず、かつては「思い立ったら、即」出かけるのがふたり旅のお家芸だったのに、三年まえの春、その頃ナガラが住んでいた街・兵庫県芦屋《あしや》市を訪ねたのを最後に、ふたり旅は無期限の休止状態になってしまっていた。

が、夏がくるまえに、ナガラが先に、私があとに、ふたりとも誕生日を迎え、五十五歳になったのを記念して、今年はなんとか時間をやり繰りし、都合をつけて、近場でいいから出かけよう、ということになった。

大手証券会社の大阪支店で勤続三十年を超えたナガラは、二年まえに八尾市に転勤となり、芦屋から片道一時間半の通勤は絶対ムリと音を上げて、勤務先から徒歩三分のところにある賃貸マンションに引っ越した。いまは昼の休憩時間に家に帰ってランチができるという便利さや、週に一度の整骨院での整体マッサージを楽しみに、「住めば都」ということで、八尾ライフを満喫している――と、ときどきメールで報告してくる。

一方、私のほうは、五年まえに郷里の姫路でひとり暮らしをしている母が認知症になったのをきっかけに、実家に戻る決意をした。以後、自宅兼オフィスでフリーの仕事を続けながら、母の介護をしてきた。

介護と仕事の両立は、なんとかなるだろう、と始めてみたものの、想像をはるかに超えて大変だった。もうこれ以上続けられないかも、と追い込まれてしまったことも一度や二度ではない。何もかもすべて放り出してどこかに失踪してしまいたい——と本気で考えたこともあった。

私が介護をしている人は、自分の母親だ。かけがえのない人だ。だから何があっても支えていくし、絶対に投げ出さない。——と、自分で自分を「娘としての責任感」でがちがちに固めてしまっていた。介護も家事も仕事も、完璧にこなそうと気を張り続けて、まったく余裕をなくしてしまっていた。

が、私が疲労困憊している様子を敏感に察したデイケアセンターの介護士や、地域のケアマネージャーが、「しんどくなったら、遠慮せんと、私らにお母さんを預けて息抜きしてください」と声をかけてくれることもあった。そのつど少しほっとして、いざとなったら助けてくれる人がいる、だから大丈夫、と自分を安心させて、どうにかやり過ごしてきた。

気まぐれに送られてくるナガラからのメールやショートメッセージは、何よりの気分転換になっていた。『今日、デパ地下で美味なごま昆布の佃煮を発見、これだけでご飯二杯はイケる』『プリンセスロードの姫路おでんがなんとなく恋しくなりました』『急に激しい雨が降ってきた、そっちは?』と、どうでもいいような、だけど、となりにいて語りかけてくれるような、独り言のようなメッセージの数々。

返事をしても、しなくてもいい。友は、私の置かれている状況を百も承知で、いちにちのうち、ほんの数秒でもいい、ふーっと息を抜けるように……そんなメッセージを送り続けてくれている、とわかっていた。

『たまには旅に出かけたいなあ』

と私が、かなわぬ夢を語るようにメールすれば、

『そっちがオッケーなら、こっちはいつでもオッケーやで』

と軽やかに返事をしてくる。旅することは夢なんかじゃない、と思い出させてくれるかのように。

一泊二日でも、はたまた日帰りでもいい、近場でかまわないから、ひさしぶりにナガラと旅に出かけたいなあ……と思い続け、チャンスを模索したが、残念ながら、実行に移す機会はなかなか訪れなかった。母の介護と日々の暮らしでめいっぱい、旅のプランを練る余裕なんて、とても、とても。

「女ふたり旅シリーズ」を始めた四十代前半は、時計にもお財布にも心にも余裕があっ

た。北海道の温泉巡り、東北へ桜前線を追いかけて、伊豆や金沢の高級旅館、美術館にB級グルメ。ずいぶん贅沢をしていたものだ。いまの私は、身も心もくたびれ果てて、十年まえの自分をうらやむ始末……。

この状況、変えられないかな。

そんなことを考えるばかりで、特効薬もなく、解決策も見当たらず、ただ時間だけが通り過ぎていった。

ところが――。

今年の春先、恐れていたことが起こった。母が転倒し、足首を複雑骨折、全治三ヶ月の重傷を負ったのだ。

救急車で搬送され、そのまま手術、入院となってしまった。母の昼寝の最中にちょっと買い物に出かけたのだが、ほんの十五分ほど私が留守をしていたあいだのできごとだった。

仕事の最中も、家事の合間も、できる限り母の一挙手一投足を見守り、転倒だけはさせてはいけないと神経をとがらせていたのに。

手術を終えた母の枯れ枝のような手を握って、ごめんね、と私は詫びた。私がついておきながら、出かけんかったらよかった……と。色んなことが悔しくて、思わず涙が込み上げた。

母は、私の手を少しだけ力を込めて握り返して、しゃがれた、けれどとてもおだやかな、やさしい声で言った。――ごめんねと違うやろ。ありがとう、やろ――と。

三ヶ月間の入院ののち、母は、地元のケアホームに入居することになった。

リハビリで自力歩行できるまで回復はしたものの、シルバーカートを押しながらでなければ移動できない。加えて、認知症が進んでしまった。かろうじて私が誰かはわかったが、私以外の人――看護師は自分のいとこと思い込んでいるし、医師は政治家のような偉い人、ケアマネージャーは学校の先生、お見舞いに来てくれた近隣の人々にいたっては、まったく誰が誰だかわからない、という状況になってしまったのだ。

私はケアマネージャーと何度も話をして、退院後の母を自宅に連れ帰るべきか、それともケアホームに入居させるべきか、協議を重ねた。そして、自宅で私ひとりが介護するのはさすがに限界だろうという結論に至った。

病院からケアホームへ母を移した日の夕方。自宅へ帰り着いた私は、何もする気にならず、食卓の椅子に座ったまま、ぼうっとしていた。暗くなっても電気もつけずに、ただ、ぼんやりと。

そんなとき、薄暗がりの中で、テーブルの上に放り出していたスマートフォンが、ふっと明かりを点した。――ナガラからのショートメールだった。

『お母はん今日退院しはったんやろ。大丈夫やった？』

いつもそうなのだが、友は、まるでこっちの様子をモニターで見ているかのように、絶妙なタイミングでメッセージを送ってくる。私は、すぐに返事をした。

『ありがとう。ナガラには言うてへんかってんけど、実は、退院後にケアホームに入居しました。できれば最後の最後まで、自宅で面倒みたかってんけど……』

「送信」にタッチして、そのまま画面をみつめていたが、すぐには返信がなかった。きっと驚いているんだろうな、いままで言わずに悪かったかな、と思った。

母の今後をどうするか、ナガラには話していなかった。いらぬ心配をかけたくないというのもあったが、それ以上に、ナガラのお母さんのことを考えたのだ。

ナガラの郷里、小豆島にいるお母さんは、もうずいぶん長いことケアホームで暮らしている。

お母さんはナガラ同様、元来気楽な性格らしく、ナガラによれば、ホームでの生活を案外楽しんでいるようだった。そのおかげで、ナガラは変わらずに大阪で仕事を続け、また、私との旅も楽しむことができていた。月に数回、お母さんに会いに郷里に帰るが、ホームでは細やかにサポートがされているようで、うちのお母はん、なかなかええ生活やで、ほんまに助かってるわ、と言っていた。

だから、私が母を施設に入れたくないと言えば、ナガラのお母さんの現状を否定しているように思われはしないか——と案じていたのだ。

けれど、母がホームに入居したからには、ナガラに言わずにおくのはいかにも不自然だった。

私は正直に自分の気持ちを友に伝えた。——最後まで自宅で面倒をみたかったと。

しばらくして、ナガラから返信がきた。その「しばらく」は、長すぎず、かといって即答でもなく、じゅうぶん考えて、私の気持ちも考慮して、きちんと返信してくれているのだと教えているようだった。

『住めば都、ってこともあるで。お母はん、新しい人生の一歩を踏み出したんやな。すごいやん』

——あんたもやで、ハグ。新しい人生の一歩、踏み出さなあかんで。

そんなメッセージが隠されているようで、私は、何度も何度も、短い文面を読み返した。

鞆の浦の絶景が自慢だというその宿に、五時半ごろ到着した。

日没に間に合った、夕映えの海はさぞかしすばらしいだろう、と期待が高まってくる。そういえば、ナガラと赤穂に旅したときも、日没が絶景だという海辺の宿に泊まったっけ、と思い出して、微笑が込み上げた。

ロビーでは、すっかりくつろいだ浴衣姿でナガラが私を待ち受けていた。「元気そうやなあ」「そっちこそ」と、冒頭からにぎやかに言い合うのは、いつもの通りの再会の儀である。私も浴衣に着替えて、さっそく海を一望する貸し切り風呂へいそいそと出向いた。

こぢんまりした浴場は、浴槽が大きな窓に面している。「この窓、全開になるんやで」とナガラは、もはや自宅の風呂場のように、引き戸になっているガラス戸をがらがらと開けて見せた。

茜色に染まった南西の空と瀬戸内の海景が、目の前に一気に広がった。

「うわあ、ほんまや。絶景!」

お湯に浸かっていた私は、上半身を窓に乗り出して、夕凪の風景を眺め渡した。

凪いだ海には島々が憩っている。大きな島を背景に従えて、宿のすぐ前には鳥居を掲げた小島が浮かんでいる。島の大きさにくらべると立派すぎるくらいの三重塔までが建てられている。きっと神さまが住む島なのだろう。

鏡のような海面に白波を削りながら、帆を畳んだ小型の帆船がゆっくりと進む。「あれ、いろは丸や」とナガラが教えてくれた。

先に到着した彼女は、私が来るまでのあいだ、鞆の浦周辺についてネット検索して学習済みだった。鳥居の島は弁天島《べんてんじま》、いろは丸が向かう島は仙酔島《せんすいじま》という。いろは丸とは、「いろは丸事件」から名前をつけた定期船で、じゃあその事件はどんなだったかというと、坂本龍馬《さかもとりょうま》率いる海援隊が借り受けて、その後、なんかがあって沈没してもにゃもにゃと、いちおう解説をしてくれた。

「にしても、おだやかやなあ。今年は台風でえらい被害もあったのに……」

私が言うと、

「またここで運を使ってしもうたな、私ら」

とナガラが応えた。そこで、ふたりして朗らかに笑い合った。

今年は台風の当たり年で、関西も中国地方も大打撃を受けた。その上、猛暑を通り越して「酷暑」と言いたくなるような暑さが続き、いつになったら涼しくなるのか、もうかんべんしてほしいと泣き出したくなるような夏だった。

それなのに、いま、私たちの目の前に広がっているのは、凪、という言葉以外に表現が見当たらないほど、どこまでもおだやかな海である。

通り過ぎない嵐はない。どんなに暑い夏でも、やがて涼やかな秋へと姿を移してゆく。

そのすべてを乗り越え、乗り越え、人間は生きてきたんだなあ。

弁天島の鳥居を眺めながら、ふと、そんなことを思った。


——どこのどなたさまか存じ上げませんが、ごていねいに、ありがとうございました。

ケアホームに母を預けて一ヶ月後、母の食事に付き合って、一緒に食堂で一時間ほど過ごしていたときのことである。

それまでも、いつもホームを去るときには帰りがたい思いだったが、いまや介護のプロが何人もつきっきりでケアをしてくれるのだ、任せなければと気持ちを強くしていた。

そのときも、「じゃあ、もう帰るね」と席を立った瞬間、唐突に母に言われたのだ。

——どこのどなたか存じませんが、と。

ひやりと冷たいものが背中を走った。私は椅子に座り直して、母の顔をのぞき込んだ。

「ちょっと、お母さん。私のこと、わからへんようになったん？　な、私、誰かわかる？」

母は、眼鏡の奥のくぼんだ目をまっすぐにこちらへ向けている。それから、「喜美ちゃん」と私の名前を口にした。

一気に肩の力が抜けた。私は、「やだ、お母さん。ワルやなあ」と大げさに作り笑いした。

「わかってるやん、私のこと。なんで、おかしなこと言うたん？」

母は、ぷいと顔を逸らすと、「知らん」と不機嫌そうな声を出した。私は、むっとして、声を荒げてしまった。

「知らんて何よ。なんでそんなびっくりするようなこと、言うの？　なあ、お母さん。人が悪いで、ほんまに」

母はそっぽを向いたままだ。自宅で介護していたときも、ときどきつまらないことで意地になってしまい、困らされた経験があった。お年寄りはときどきまるっきり子供に戻ることがあるから、そんなときは大目にみてあげてくださいと、ケアマネージャーには言われていた。が、そのときは、母と離ればなれに暮らし始めて不安が募っていたところへ、急におかしなことを言われたので、つい、自制できなくなってしまったのだ。

「知らんもんは、知らん」

母はますます頑固になっている。私は反射的に、ばん、とテーブルを叩いた。

周囲にいたお年寄りと介護士何人かが、驚いてこちらを振り向いた。私はかまわずに、語気を強めて言った。

「お母さんが知らんて言うんやったら、私も知らん。もう来ぉへんさかいな。ほな、お元気で！」

立ち上がると、ずんずんずんずん、大股で玄関に向かっていった。母の担当の介護士、横田《よこた》さんが、あわてて追いかけてきた。

「波口さん、どうしはったんですか。お母さん、びっくりしてはりますよ」

下足箱から靴を取り出しながら、私は返した。

「いいんです。ときどき、あの人、めっちゃ頑固になるんで。何言うてるんやら、わからへんのです。せやし、今日はもう、帰ります」

乱暴に靴を履く私の背中に向かって、横田さんが「波口さん、そんなんやったら、あきませんよ」と、少し厳しい声色で言った。

「お年寄りは気分にムラがあるんです。特に、波口さんのお母さんのように認知症のある方は、言うてることもコロコロ変わるし、おかしなこともするけど、それが普通なんやと受け止めてあげへんかったら……」

「それって、私の母がおかしな人だってことですか？」

振り向きざまに、言ってしまった。横田さんは固い表情で私をみつめている。私は、

「すみません」と力なく頭を下げた。

「私、だいぶん疲れてるんやと思います。明日、出直します。すみませんでした」

自宅へと向かうバスの中で、どうしようもなく涙があふれてきて困ってしまった。暗い車窓の中に、疲れ果てた私の顔が浮かんでいる。老けたなあ、と情けなくなる。

――まあ、老けててあたりまえか。もう五十代半ばなんだし……。

と、そのとき、スマホのメール着信音が鳴った。

はっとして画面を見てみると、案の定、ナガラだった。〈旅に出よう〉という件名で。

『ハグ、五十五歳の誕生日おめでとう。記念に、ぼちぼち、旅に出よう』

――そうだった。

その日、私は五十五回目の誕生日を迎えたのだった。母の介護に明け暮れてすっかり忘れていたが、たったひとり、ナガラだけは覚えていてくれたのだ。

『実は、すでにいろいろ行き先を検討してみたんやけど。けっこう近いのに、遠くに来た感じがするところがええなと』

「旅」「遠く近く」「宿」といくつかのキーワードで検索してみたら、「御宿近遠」という旅館がヒットした。次期世界遺産候補ともいわれている景勝の地・広島県福山市は鞆

の浦にあるという。

『行ってみようよ。こっちはいつでも、準備オッケーやで』

すぐには返事ができなかった。うれしい気持ちと不安とがごちゃまぜになってしまって。

ホームの所長に相談し、心の整理をして、母にもきちんと話そうと決めて、心が定まった。それから、ようやくナガラに返信した。ナガラのお誘いメール受信から丸一日経っての返信だった。

『お待たせ。決めたで！』

そうして、私は、ほんとうにひさしぶりに旅に出ることになった。

ナガラとともに、凪いだ海をみつけるために。もう少しだけ、人生を足掻くために。


弁天島と背後の仙酔島を見渡す窓辺に、私たちの夕食のテーブルが準備されていた。少しだけ開けた窓から、静かなさざ波の音が聞こえてくる。

旅館のダイニングルームである。女性のグループ客や熟年夫婦がにぎやかに集っている。

二人旅を始めた頃には、部屋まで仲居さんが夕食を運んでくれる「部屋食」が多かったように思うが、最近ではこうしてダイニングでほかの宿泊客とともにいっせいに食事をする、というのが主流なようだ。部屋でくつろぎながら食べるのもいいが、私もナガラもいつもは孤食なので、たまにはこうして、にぎわいのある場所で食事をするのもいいものだと、そんなふうに思う年齢になっていた。

テーブルの上には前菜の瀬戸内の海の幸の皿が並んでいた。私もナガラも瀬戸内海の恵みのもとで生まれ育ったわけだから、瀬戸内のものが珍しいわけではない。が、料理人の包丁が入った心づくしの皿がテーブルの上に並んでいるのは、それだけでうれしいものだった。

いつもの旅のお決まりで、冷えた生ビールで乾杯した。下戸の私は、旅先でナガラと乾杯する一杯のビールだけは格別においしいのだと、ようやくわかるようになっていた。

「乾杯、五十五歳おめでとう」とナガラが言って、

「乾杯、そっちこそ、とっくに五十五歳おめでとう」と私が言い返す。

温泉でほてった喉を冷えたビールがぐぐっていく。ぷはあ、と同時に声を出す五十五女子ふたりである。

前菜の盛り合わせをつつきながら、果てしない四方山話が始まるのが、我らふたり旅

の夕食の流儀である。が、その夜は、少し違っていた。

「ハグ、だいぶん疲れとったんと違う?」

ナガラがそう切り出した。会った瞬間やつれていてびっくりした、ちゃんと食べてへんのと違うか、と聞かれ、「ナガラには隠されへんなあ」と私は苦笑した。

「そうやで」とナガラは、いつも通りにのんびりした声で言った。

「私に隠しても、ぜんぶわかるし。なんでも言うてや、そのために旅してるんやから」

言われて、私は、

「うん。母がな……」

と言いかけて、突然、言葉に詰まってしまった。

私は、手にしていたお箸を箸置きに戻した。そして、テーブルの上に広げられている華やいだ料理の皿の数々を押し黙ったままでみつめた。

ナガラも箸を動かすのを止めて、じっと私をみつめている。友は、私が自分から話し始めるのを辛抱強く待ってくれていた。

私は、ほうっと息をついてから、

「母がな。ケアホームに入居してから……少しずつ認知症が進んでしまって。私のことは、かろうじてわかってると思うねんけど、ときどき、急に他人行儀になるねん。お世話さまでした、とか、恐れ入ります、とか言うて。私は毎日ホームへ通って、できるだけ母の近くにいるようにしてるねん。パソコン持っていって、ホームで仕事することだってあるねん。それやのに、なんとなく、母が、少しずつ、少しずつ……遠ざかっていくみたいで……」

そこまで話して、また言葉に詰まった。思いがけず涙まで込み上げてきてしまった。が、旅先で涙はないぞ、と自分に言い聞かせ、なんとかのみ込んで、話を続けた。

「誕生日にナガラから、旅に出よう、って誘ってもらったやろ。すぐに、ホームの所長に相談してみてん。そんなこととしてもええでしょうか、って。そしたら、『あたりまえやないですか、そのために私らがお世話させてもろうてるんですよ、遠慮なしに行ってきてください』って」

所長の気持ちはありがたかった。けれど、問題は、母のほうだった。

たとえ一日でも私が姿を見せなかったら、母はどう思うだろうか。それこそ幼い子供のように「もう帰ってこない」「見捨てられた」と嘆くのではないか。それがきっかけで、ほんとうに私のことがわからなくなってしまったら……。そう思うと、怖くなってしまって、なかなか決断できなかった。

「それで、返事がくるまでに丸一日かかったんやな」

ナガラが得心したように言った。私はうなずいた。

「でも、もし、ここで乗り越えられへんかったら、私、このさきずうっと、それこそ母がいなくなるまで、ナガラと旅できへんな、って思ってん。そしたら、なんだかすごくさびしくなってしまって……」

しばらく旅に出かけられずにいた。けれど、いつかまた、再起動して旅に出るんだ。それを励みに、一日いちにちを頑張ってきたのだ。

それなのに、母の命が続く限り旅に出られない、なんてことになったら、申し訳ないじゃないか。ナガラにも、がんばって生き抜いているナガラのお母さんにも、これからがんばって生き抜いてほしい母にも。そして、がんばっている自分にも。

わかってもらえるかどうか、わからないけど、とにかく母に話してみよう。そして、すっきりした気持ちで旅に出るんだ。

そう決心して、私は、母に打ち明けた。

――お母さん。あのね、私、旅してくるよ。

お母さんもよう知ってる、大学時代の友だち、ナガラと一緒に。

広島のな、鞆の浦っていう、めっちゃきれいな海辺の町に行こうって、ナガラが計画してくれてるねん。行ってみて、いいところだったら、またあらためて、お母さんも一緒に行かへん？

　連れて行くよ、お母さんを。そうや、ナガラと、ナガラのお母さんも。

　みんな一緒に、女四人で、旅をしようよ。

　そのためにも、私、行ってくるよ。

　だから、待っててな。帰ってくるから――。

　母は、ベッドの端っこにちょこんと腰掛けて、背中を折り曲げて、私の話に耳を傾けてくれた。目をしょぼしょぼさせて、うんともすんとも言わなかった。ただただ、小さな石ころのようになって、話を聞いてくれた。

　それから今日まで、私が旅に出ることについて、母はなんとも言わなかった。相変わらずとんちんかんなことを言って、私を苦笑させたり困らせたりしていた。

　旅立つ日が近付くにつれ、やっぱり伝わらなかったのかな、大丈夫だろうか、と不安が頭をもたげたが、腹をくくった。これを乗り越えなければ、この先、もう旅はないのだ。

　そうして迎えた――今日。

　出発まえに、ホームに立ち寄った。帽子を被り、ボストンバッグを提げて、旅のいでたちで現れた私を、母はいつになくむっつりとした表情で迎えた。これはまずいかも、と、また不安が立ち上ってきた。が、もうどうすることもできない。

出発の時間ぎりぎりまで、私は母と過ごした。壁の時計を確認して、私は傍らに置いていたボストンバッグを手に提げた。そして、じゃあいってきます、と強ばった笑顔を母に向けた。すると——。

そこまで話して、私は、これで三度目、言葉を詰まらせた。息をひそめて聴き入っていたナガラが、さすがに我慢できないように訊いてきた。

「……それで、お母はん……どうしはったん？」

私は、うつむけていた顔を上げて、答えた。

「……いってらっしゃい。そう言ってくれた」

と、その瞬間、こらえていた涙がこぼれ落ちてしまった。

——いってらっしゃい、喜美ちゃん。ナガラちゃんに、よろしゅうな。いつか私も、あんたらの旅に連れてってや。

そう言って、母は、満面の笑みを浮かべたのだ。

そして、部屋を出ていく私に向かって、手を振ってくれた。遠足に出かける私を玄関先で見送ってくれた、遠い日の母そのままに。

「ちょっとぉ。何それ、反則やろ」

突然、ナガラのブーイングが沸き起こった。

見ると、いつもの笑顔がくしゃくしゃになっている。友は、泣いていた。私以上の盛大な泣きっぷりだった。

「うわっ、どしたん。泣きすぎやろ」

友があんまり泣くので、私はなんだかおかしくなって、笑い出してしまった。

「笑うんか。そこ、笑うとこか。あんたのせいで泣いてるんやで。あんたのお母はんのせいで。あんたらめっちゃええ母娘のせいで」

ナガラが言えば言うほど、私はおかしくて、うれしくて、笑ってしまった。そして、やっぱり泣いた。いっぱい、泣いた。友と一緒に。

いちばんびっくりしていたのは、ダイニングのスタッフのお姉さんだ。お刺身の盛り合わせを手にして、テーブルからちょっと離れたところで棒立ちになっている。泣いたり笑ったりしている女性ふたり連れに、料理を出すタイミングは、さぞかし難しかったことだろう。

遠く近く、波音が響いている。夜空を明るく照らす月が、明日の好天を約束してくれている。

あおぞら

高層ビルの明るい窓の連続が、しらじらと発光するパズルのピースになって、通りの隅々までを照らし出している。

大阪駅の構内でひと迷いし、ようやく高速バスが発着するロータリーへとたどり着いた私は、ぽかんと口を開けて四方を見渡した。

「うわ……めっちゃ、変わったなぁ」

思わず口に出して言ってしまった。

大阪に出てきたのはずいぶんひさしぶりだった。郷里の姫路に戻って、認知症になってしまった母の介護をし始めてからは、なんの用事があるわけでもなし、かれこれ六、七年くらい来ていなかっただろうか。その間に、街は驚くべき発展を遂げていた。「ルクア」だの「グランフロント」だの、どんどん新しい大型商業施設ができて、地下にも地上にも縦横無尽に歩道が巡らされて、夜も十時になろうかというのに、ひっきりなしに人の波が押し寄せる。自転車が狭い歩道をすごいスピードで通り過ぎて、何度もひやりとした。駅前の歩道橋付近ではストリートミュージシャンが競い合うように大音量でギターをかき鳴らし、声の限りに歌っている。車のクラクション、酔って騒ぐ若者たち、通り沿いの店からは垂れ流しのＢＧＭ。大阪って、こんなにうるさいところだったっけかなぁ。

鈍く光る銀色のキャリーケースをゴロゴロと引っ張りながら、きょろきょろと頭を巡らせる。ビルの壁面に付けられたパネル・ヴィジョンに「21:45」と大きく時刻が出ているのをみつけて、あわわ、急がなあかん、と早足になる。乗車経験者のブログによれば、そのバスは定刻通りにきっちり出発するらしい。十秒でも遅れたら、置いてきぼりを食らってしまうだろう。

いまより若い時分、友との旅を始めた頃は、キャリーケースを引っ張っていようがお土産入りの大きな紙袋を提げていようが、乗り換え電車に間に合わへん！　となったら猛然とダッシュしたものだ。それがいまじゃ、キャリーに引っ張ってもらいたいくらい。AI内蔵のフルパワー・アテンド・キャリーとか、どっかにないかな。あ、それ絶対えな、高齢化社会でウケそうやん、などと、こんなときに限ってちょっといいアイデアが浮かんだりする。

押し入れの奥に突っ込んだまま、このところ使う機会がめっきり減っていたリモワの銀色のキャリーケース。ひさしぶりに取り出して、さて旅じたく、と開けてびっくり。中から飛び出したのは、介護用紙パンツだった。たとえいまは旅をあきらめていようと、そのうちまた復活させる日を夢見て、後生大事にしまい込んでいた我が自慢のキャリーケースに、紙パンツをぎっしり詰め込んだのは、誰あろう、母である。

もう、やめてぇな、お母さん！　と独り言をつぶやいて、あきれながら、笑ってしまった。

なんでだろう。なんでわざわざ紙パンツを娘のキャリーケースに詰め込んだんだろう？　置くところがなかったのだろうか。それとも、いずれあんたもこれのお世話になるねんでと、ケアホームに入居するにあたって、しゃれた置き土産のつもりだったのだろうか。

『お待たせいたしました。二十一時五十分発、小田原駅東口行き、富士急湘南バス〈金太郎号〉です。お手元に乗車券、またはスマートフォンのEチケット画面をご用意してお待ち下さい』

乗車待ちの長い列のいちばん後ろについたとき、白い車体の大型バスが到着した。列がのろのろと前進を始める。キャリーケースや大型の荷物を運転手が車体の脇腹のトランクにどんどん詰め込んでいく。私はトートバッグを提げ、ショルダーポーチを斜めがけにして、車内へと乗り込んだ。

金曜日の夜に深夜バスを使って大阪から小田原まで行く人なんてほとんどいないんじゃないか、たぶん座席がゆったりしていてむしろラクなんじゃないか、との私の予想を裏切って、広い車内はたちまち満席になった。私の座席は、通路を挟んで二席ずつ並んだ座列の後方窓側。通路側は大学生っぽい茶髪の女の子が座っていた。網棚にトートバッグをよっこらしょ、と上げてから、「すみません」と頭をちょっと下げると、目をスマホに向けたまま、私のほうは見向きもせず、黙って立ち上がった。奥の席に収まった私は、「ありがとうございます」とまた頭をちょっと下げた。女の子はスマホをみつめたままで、かすかにうなずいた。

——なんやら、いまどきの子やなあ。行儀がいいんだか悪いんだか、わからへんし。

と、どこからともなく聞こえてくるのは、旅友・ナガラの声である。

私は斜め掛けのポーチからスマホを取り出すと、「LINE」のトークでナガラにメッセージを送った。

生まれて初めて乗りました！　深夜バス。その名も金太郎号！

まもなく出発。いつものように、天気に恵まれますように！

『安全のためシートベルトをご着用ください。それでは出発いたします』

窓の向こうに林立する高層ビルが、ゆっくりと後方へ流れ始めた。私はスマホの画面に視線を落として、そのまま両手で握りしめていた。

友へ送ったメッセージは、なかなか「既読」にならなかった。

ナガラと、ケンカをしてしまった。

いや、でも、あれってケンカっていうのだろうか。ケンカじゃない。言い争い？　それも違う。だって、面と向かって文句を言い合ったわけでもないし、お互いにそっぽを向いて別れたわけでもない。

スマホのSNSで、ちょっとしたやり取りをしたに過ぎない。でも、こんなふうに後味悪く、気まずくなってしまうなんて。

会いもせず、話しもせず。ましてや、ともに旅に出ることもなく、それでいて、ケンカしたような気分になるなんて。

ナガラと私は、かれこれ十五年以上もふたり旅を続けてきた。

けれど、二年まえの秋、鞆の浦へ一泊二日の小旅行をしたのを最後に、私たちは会うことすらも難しくなってしまっていた。

ケアホームに入居している母が、感情の浮き沈みが激しく、私が顔を見せないと不安で不安でしょうがないようで、食事も喉を通らないほど不安がるというので、ほぼ毎日ホームに通い、できる限り一緒に過ごすようにしていた。私は相変わらず広告ディレクターの仕事を続けていたが、日中は打ち合わせに出かける時間を作るのもままならなくなってしまった。

母が就寝してからホームを後にし、夜九時頃から深夜二時頃まで仕事、翌朝八時にまたホームへ行き、夜まで母に付き合って、あいだでパソコンを使って仕事をする。自分はそつなく業務をこなしているつもりだったのだが、波口さんはオンラインでの打ち合わせにも出ていただけませんからねえ……と、私のクライアントである広告代理店の担当者は依頼を渋るようになり、自然と仕事は減っていった。

まだ稼いでいた時期に作った貯蓄はみるみる減っていき、ついに底をつきそうになった。母の介護費用は母の年金と保険でなんとかなっていたが、このままでは私自身の生活がままならない。かといって、日中は出かけられないのだから、パートの仕事に就くことも難しい。かろうじて地元の企業の広告やスーパーのチラシ制作の仕事でわずかに食いつないでいくほかはなかった。

もう、贅沢なんてできない。旅行なんて、夢のまた夢になってしまったのだ。

ナガラとはメールやSNSでときおりメッセージのやり取りをしていた。こちらからは介護の愚痴やら仕事がないやら、どうしても明るくない話題ばかりになってしまう。

ナガラのメッセージからは相変わらずのんびりした空気が伝わってきて、それに和まされていたのだが、おそらく私が介護で殺気立っているのを察知していたのだろう、あえてゆったりと構えてくれていたのかもしれない。

けれど二ヶ月ほどまえ、私は、とうとう、言ってはならないことをメッセージで送ってしまったのだった。

夜八時過ぎ、ホームを出て自転車置き場に向かっていた。九月中旬で、ようやく夏の暑さが一段落したところだった。ホームは市街地から少し離れた場所にあって、裏手に広がる畑では盛んに虫の声が響いていた。

自宅とホームのあいだは自転車で二十分ほど、なかなかの距離だったが、雨の日以外はこれも体力作りなんだと自分に言い聞かせて、せっせとペダルをこいで通っていた。けれど行きはまだしも、帰り道はかなりこたえた。一日中母に付き添って、同じ話を何度も何度も繰り返し聞かされたり、突然、申し訳ない、ごめんな、と謝りながら涙を流すのをなだめたり、とにかく精神的に辛かった。

ホームを出ると、空に放たれた小鳥の気分だった。が、全身はぐったりと疲れ果てていた。これから帰って手早く夕食を済ませ、シャワーを浴びて、仕事に取りかからなければならない。毎日、もう限界だ、と思い続けていた。

　自転車の前かごの中に入れたトートバッグの中で、ふっと白く明かりが点った。私はバッグの中からスマートフォンを取り出した。案の定、ナガラからのメッセージが着信していた。友は、私が夜八時過ぎに帰路に就くことを知っていて、だいたいその頃か、あるいは自宅に到着した九時前後を狙って連絡してくる。メッセージひとつでも、私の介護や仕事の邪魔にならないようにとの気配りが感じられた。

　いつもは「今日はお母はんどないやった？」とか「デパ地下で美味しい大福発見したで」とか、ささやかでのんきな話題を仕向けてくる。それでほっとするのだが、その日は違っていた。


　お疲れさま。明日、香川のこんぴらさんに行ってきます。


「え？　こんぴらさん、て……なんやの急に？」

　私はスマホに向かって問いかけた。こんぴらさんといえば、あの有名な神社、金刀比《ことひ》羅宮《らぐう》だ。いつだったか、ふたりで香川を旅したときに行ったことがある。

　立ち止まって、キーを指先で叩く。

社員旅行か何か？

送信すると、すぐにひと言だけの返事が返ってきた。

ひとり旅。

「ひとり旅……」

私は、また口に出してつぶやいた。なんだろう、なんだかヘンだ。

それはまた急やな。いままでナガラ、ひとり旅、したことなかったんとちがう？

うん、そう言えばそうやな。ハグはひとり旅、あったよな。あれ、いつのことやったかな。

私が「ひとり旅」に出かけたのは、かれこれ十年以上もまえのことだ。

もともとは、いつものようにナガラとふたり旅で、修善寺にあるオーベルジュに泊まりにいく予定だった。ところが、直前にナガラのお母さんが脳梗塞で倒れてしまい、ナガラは来られなくなってしまった。

友の母の一大事に、まさか私がひとりでのほほんと旅することなどできないと、旅行自体をキャンセルしかけたのだが、せっかく予約した憧れの宿に是非行ってきてほしいと、ナガラに背中を押された。いつか私も一緒に行くからと。

そう、ひとり旅は、あの一度限り。それ以外は、どこへ旅するのもふたり一緒だった。いつも、ふたり。それが旅を続ける原動力、人生の活力になっていた。大げさでなく。あのときだって、ひとり旅したくて旅したんじゃない。いつかふたりで……いや、できればそれぞれ母を連れて、母娘二組四人で、憧れの宿へ戻ってこよう。そう決心するための旅だったのだ。

なんでいまひとりで行くの？　と返信をうちかけると、また向こうからメッセージがきた。

遅ればせながら私もひとりで行ってきます。こんぴらさんから写真送りますね。

どことなく他人行儀な言い回しに、カチンときてしまった。すぐに返信を打つ。

ちょっと待って。どういうこと？　旅に出るなら、なんで私を誘ってくれへんの？　私が母の介護で忙しいから？　それとも仕事がなくてお金に困ってるから？　行かれへんてわかっとったって、いちおう誘うとか、事前に相談するとか、それが私らの旅のルールなんとちがう？

少し冷静に考えれば、友がひとり旅をする背景には何か理由があることに気がつけたはずだ。が、しばらくナガラと旅していない、それは自分のせいなのだとの後ろめたさがいつしか私の中に根を広げていた。

頭に血が上ってしまい、つい責め立てる語調になってしまった。が、読み返しもせず送信した。

すぐに「既読」になった。そのまましばらく画面をみつめていたが、なかなか返事がこない。

「なんやねん、もう」

つぶやいて、スイッチを切った。前かごのトートバッグにスマホを放り込んで、サドルにまたがり、猛然とペダルをこいだ。

なんやねん、ひとり旅って。めっちゃええご身分やな。

そうや。ナガラは私と違ってじゅうぶん貯金もあるやろし、ええ会社に長年勤めてるから退職金も年金もいっぱい出るやろし。

お母さんに付きっきりで介護せんかてやっていけてるし。

私とは、もう住む世界が違うんや。

無性にさびしい気持ちがこみ上げてきた。

人気のない道を薄暗い街灯が照らし出している。全力でペダルをこぎ続けて、すっかり息切れしながら、自宅へたどり着いた。

玄関の前で自転車を停め、トートバッグに手を突っ込んで、スマホを探り当てた。ナガラからの返信がきていると思いきや、何もきていなかった。そこで初めて「既読」マークがついた自分のメッセージを読み返して、どきりとした。

——それが私らの旅のルールなんとちがう?

自分の言葉とは思えない。ひどいこと言ってしまったと、急に後悔が押し寄せた。

旅のルール……って、私たちの旅に「ルール」なんてあったんやろか?

そんなん、あらへんやろ。

何言うとんねん、私。

「……アホやなあ、私って」

スマホに向かってつぶやいた。ほんとうに近頃、ため息と独り言ばかりである。台所のテーブルに頬杖をついて、静まり返るスマホの画面とにらめっこした。

ナガラが急にひとり旅に出た理由が、翌日、ようやくわかった。

ケアホームでの昼食後、いつものように母の長話に付き合っていると、スマホの着信音がした。ナガラからだった。

ＬＩＮＥで送られてきた画像を目にして、私は一瞬、息を止めた。

まぶしく晴れ渡った青空の下、喪服姿のナガラが佇んでいた。――両腕に、白い箱を抱いて。

お母さんの納骨式のために、ナガラはひとり、こんぴらさんへと出かけていったのだった。

高速バスが最初の休憩所に到着したのは、大阪駅を出発してから約三時間後、深夜一時だった。

『ただいまより、十分間の休憩のため停車いたします。定刻通りの出発のため、どなたさまも十分後にお戻りくださいますようお願いいたします』

ぱらぱらと半数ほどの乗客が席を立った。私はシートをリクライニングにもせずに、いつのまにか口を開けて爆睡していたようで、口の中がカラカラだった。隣席の女の子は、あいかわらずイヤフォンを耳に熱心にスマホをいじっている。どうやらゲームに興じているようだ。

「あの、ごめんなさい。ちょっと……」

と声をかけると、またもや目線を画面から離さないままですっと立ち上がった。「ありがとう」と笑いかけると、にこりともせずに、ただこくんとうなずいた。

オレンジ色の街灯が照らし出すだだっ広いパーキングへ出た。周りは山に囲まれていて、真っ暗だ。いったいどこなんだろう、見当もつかない。

冷やご飯のお茶漬けで簡単な夕食を済ませ、姫路の自宅を出たのが夜の七時だった。もう六時間が経過している。それで自分がどこにいるかわからないなんて、ミステリーツアーだなまるで、と思いながら、自動販売機でペットボトルの温かいお茶を買う。ごとん、ごとん、と二本、取り出し口に落ちてきて、うっかり二回ボタンを押してしまったことに気がついた。

旅の途中でお茶を買うのは、決まって私だった。お弁当を買うのはナガラ。コーヒーを買うのは私。おやつのお菓子を買うのはナガラ。駅でコインロッカーを探すのは私。鍵をキープするのはナガラ。旅を続けるうちに、役割分担が自然にできていた。

ナガラは証券会社勤務ということもあって、財務担当。「旅のお財布」と呼ばれる、ゆるキャラ「ひこにゃん」のイラスト付きポーチを携えていた。旅の初日、このポーチにまずはそれぞれ五千円ずつ入金する。そこから電車代、タクシー代、お弁当代、おやつ代などを支払っていくデポジット・システムだ。「ひこにゃん」はナガラがいっときハマっていたゆるキャラ。彼女はゆるキャラが大好きで、旅先の土産店でゆるキャラグッズを探索するのも彼女の楽しみのひとつだった。「ふなっしー」や「くまモン」や「アルクマ」などなど、メジャーなゆるキャラはもちろんのこと、「おがじろう」なんて掘り出し物のゆるキャラを「こんなんみつけてん」と、さも嬉しそうに画像で私に紹介してくれたものだ。

――ナガラの分も買ってしもた。

温かいペットボトルを二本、取り出して苦笑した。それで両手を温めながら、バスへと早足で歩いていく。吐く息がかすかに白かった。

席へ戻ると、女の子が画面から目を離さないまま、さっと立ち上がった。ふたたび奥の席に収まると、私は、「あの、これ」と、ペットボトルのお茶を彼女の目の前に差し出した。

「よかったら、どうぞ」

そこで彼女は、初めてちらりと私の方を見た。そして、ひょこんと頭を下げると、

「……ありがとうございます」

口もとにかすかな笑みを浮かべて、お礼を言ってくれた。

バスが出発した。なんだか少しだけ胸が弾んだ。女の子とのゲームに思いがけず勝ってしまったような気分だった。


——電話出られなくてごめんな。

お母さんが亡くなったと知って、私はすぐにナガラに電話をした。三度かけたが、出なかった。あわただしくしているのだろう。私からの電話だと知って避けているわけではないだろう。そうわかっていたけれど、前日に気まずいメッセージのやり取りがあっただけに、私は気を揉んだ。

夜になって、また私の帰宅時間を狙いすましたように「めっちゃバタバタしとって」と、メッセージがきた。私はすぐに返信した。

こっちこそ。お花も弔電も出せなくて。告別式にも行かれへんで、ごめんな。

十秒も経たずに返事がきた。

こっちが知らせへんかったからな。ハグ、忙しいやろと思って……。

お母さん、いつ亡くならはったん？

十日まえ。ホームで晩ご飯したあとに急変したとかで。電話受けたのが夜十時過ぎで、翌朝いちばんで駆けつけたんやけど、もう逝ってしまってた。

私は絶句した。「逝ってしまってた」の一文をしばらくにらんだあと、「間に合わへんかったん？」と送信した。

なかなか返信がない。余計なこと訊いてしもうたかな、と後悔が頭をもたげた。と、メッセージ着信音が鳴った。

うん。間に合わへんかった。

不思議なもんやなあ。なんやら、私、お母はんといつかは別れが来るって、どうしても考えられへんかってん。お母はんはもう九十歳近いし、脳梗塞で倒れたこともあるんやし、考えてみたら、いつ逝っても不思議じゃない状態やったのに、どうしてもどうしても、いつかは逝ってしまうんやって、想像できへんかった。でもって、お母はんの最期に自分が一緒にいられへん、なんてことも、これっぽっちも考えへんかった。

お母はんが不死身とまではさすがに思ってへんかったけど、お母はんの最期は自分がきっちり看取る、それだけは、心に決めとってん。どこにいても、何をしてても、絶対間に合うように帰る。お母はんは、ひとりで逝ったりせえへん。絶対に。

まじでそう思っててん。アホやろ。自分で、笑けてくるわ。

じわっと涙がこみ上げた。

同じだった。私も、母がいつかは逝ってしまうこと、ひょっとしたらその最期に間に合わないかもしれないことなど、これっぽっちも想像していない。母の存在は、今や私の仕事の妨げとなり、暮らしの手かせ足かせになっている。母を大事に思う気持ちと同じくらい、疎ましく思う気持ちがある。いっそいなくなってくれればどれほど楽になるだろう。そういう思いがちらりとでも私の中に生まれなかったとはいえない。

それなのに私は、いずれ母がいなくなることを、母のいない世界を生きていくことを、どうしても想像できずにいるのだ。


せやし、ハグ。お母はんを大事にしてあげてや。

介護は大変やと思うけど、ハグがそばにいてくれて、お母はんはほんまに幸せやと思う。

私は後悔ばっかり。ハグには、後悔してもらいたくないねん。私らの旅を

と、途中で送信してしまったのか、ナガラのメッセージは尻切れとんぼになっていた。

「私らの旅を」の文字を、しばらくみつめていた。その後に続く一文を、不安な気持ちで待っていた。

——なんやの、ナガラ？　なんて言おうとしててん？

私らの旅を……もう終わりにしよう？　私らの旅を……あきらめなあかん？

私らの旅を……卒業しよう？

私らの旅を……。

けれど、友からのメッセージは、それっきり届かなかった。


どのくらい眠っていたのだろうか。

右肩にしびれを感じて、目が覚めた。ふと見ると、艶やかな茶髪の頭が、私の肩にすとんと乗っかっている。

隣席の女の子は、スマホを片手に握りしめたまま、私にもたれかかって、すうすうと寝息を立てていた。

間近で見ると、色白の顔にはあどけなさが残っている。大学生かと思ったけれど、十六、七歳くらいかもしれない。

あらま、と私は小さく苦笑した。

なかなか、かわいいやん？　どうしたんかな、なんで大阪から深夜バスに乗って小田原くんだりまで行くんやろ？

実家に帰るんかな。それとも、彼氏に会いに行くんやろか。志望校の推薦入学の面接とかね。

——ひとり旅とか。

車窓のカーテンの隙間からのぞくと、外は明るくなりつつあった。やはり山中の道を走っているが、どのあたりまで来たんだろう。時計を見ると六時だった。小田原に八時着だから、ぼちぼち沼津あたりだろうか。

照明の落ちた薄明るい車内を眺めてみる。出発した直後から車内はずっと静まり返って、しゃべっている人はひとりもいなかった。つまり、ふたり連れやグループの乗客は皆無だということだ。全員がひとりで乗車し、ひとりで大阪から小田原へ向かっている。そして夜明けの東名高速を時速一〇〇キロで移動している。互いに見知らぬ個々が、同じひとつのバスに乗って。

こういうのも、旅というのだろうか。

いや、違う。旅というよりも「移動」だ。旅っていうのは、なんていうか、もっと詩情があるものだ。

「移動」は、A地点からB地点へ行くという明確な目的がある。それに対して「旅」は、目的があってもなくてもいい。出かけて行った先の風土や文化を知って、地元の食を楽しんで、地元のお店の人たちと会話して、いつもと違う場所にいることを楽しんで……お土産を渡す人たちの笑顔を思い浮かべて、写真を撮って送る人がいて。「ただいま」と帰っていく場所がある。

だから、人は旅に出るのだ。

そんなことをつらつらと考えていた。右肩に、少女の頭の心地よい重さを感じながら。

――もしあのとき結婚して子供がいたら、いま時分、こんな感じやったんかなあ。

三十代、東京の大手広告代理店に勤務していた頃、結婚するつもりで付き合っていた彼がいた。バリバリ働いて、昇格して、結婚して、四十歳までに女の子をひとり産んで、預けて、また働いてさらに昇格して――などと勝手に人生設計していた。もし計画が順調に進んでいれば、この女の子くらいの娘がいたことになる。でもって、ダブルインカムで世帯年収四千万くらいはあって、都心は無理でも東京郊外の駅近のタワーマンションに住んで、この子は名門私立女子校に入れて、将来は留学させて外資系企業に勤めさせて、高収入のエリートと結婚させようと。そこまで目論んでいたかもしれない。あの頃の私がそのまま「夢」の人生を歩んだら、けっこうヤな感じのキャリアママになっていただろう。

ところが、現実はそう甘くはなかった。彼にはフラれ、会社は退職をせざるを得なくなり、否応なしにフリーランスの広告ディレクターとなった。ひとり暮らしの母が認知症になり、帰郷して母の面倒を見ながら、必死に食いつないできた。いまや貯金も底をつきかけ、長距離の移動をするのに高速バスに乗っている。

あの頃思い描いていた未来と、ずいぶん違う現在を生きている。

それでも――。

それでも、私はいま、また旅に出た。「移動」ではなくて、旅をしているのだ。――たとえひとりでも。

そう思いたかった。

「お母さん、あのね。ナガラと一緒に、また旅に出てもええかな?」

ホームでの夕食のあと、母に向かってそう切り出した。ひと月まえのことだ。

母はきょとんとして、私の顔を黙ってみつめている。なんのことやら、さっぱりわからないようだ。

「ナガラ、覚えとる? 長良妙子。私の大学時代の友だち。ほら、よくあちこち旅して回ってたやろ。このまえは、鞆の浦に行って、お土産におまんじゅう、買ってきたし。

お母さん、おいしいおいしいって、めっちゃ喜んでたやん」

　このまえとはいえ、もはや二年まえの話ではあるが、母はおまんじゅうが大好物なので、そう言ってみると、

「ああ、覚えとる、覚えとる。ナガラちゃん、元気しとるん？」

　思い出してくれた。私は、どこかにいる神さまにちょっと感謝したい気持ちになった。

「うん、元気よ。それでな、まあ色々あってな、ナガラを元気づけたいねん。そのためには、一緒に旅するんがいちばんや、って思って。旅をプレゼントしよ、て思ってな。行ってきてもええ？」

　近頃の母は、私がちょっとそこへ出かけると言っても嫌がるので、旅に出るなどと言ったらそれこそ昏倒してしまうのではないかと、一か八かだったが、母の担当の介護士にはむしろ勧められた。鞆の浦に行ったときも背中を押してくれた、同じ人である。

「大丈夫、波口さんのお母さん、そんなにヤワじゃないですよ」と。どんどん旅してきてください、そう言ってまた背中を押してくれたのだった。

　母が行かせてくれるかどうかも問題ではあったが、私の留守中に体調が急変したりしないだろうか。その心配には主治医が応えてくれた。体調は安定しているので、二、三日ならばまったく問題ない。私たちに任せて安心して行ってきてくださいと、こちらか

らもゴーサインが出た。

そして、母の答えは、「行ってらっしゃい」でも「行かんといて」でもなく、「また、おまんじゅう買うてきてや」だった。

無事に母の承諾を得て、私は、ようやくナガラへ手紙を書くことにした。メッセージでもメールでもなく、手紙。今度の旅に誘うときは、手紙にしようと決めていた。

ホームから帰宅して、母の部屋に入った。かつて、母が寝起きしていた四畳半はきれいに片付けられて、シングルベッドと簞笥が置かれている。簞笥のいちばん上の引き出しに、筆まめだった母の使いかけの便箋が何種類か入っていた。

紅葉の模様が薄く透けて見えるきれいな便箋を選んで、台所へ行き、テーブルに着いた。ふと思い出して、自室へ行き、自分のデスクの引き出しを探ってボールペンを取り出した。「ひこにゃん」のミニチュアがノックの部分についている。彦根旅行をしたときに、土産物店でナガラが二本買って、一本を私にくれたものだ。

カチリと「ひこにゃん」をプッシュして、紅葉模様の便箋に書き始めた。

ナガラへ

突然手紙を受け取って、びっくりさせてしまったかもしれません。でも、大切なことだから、ショートメールとかＬＩＮＥとかじゃなくて、ちゃんと手紙を書こうと決めました。

気がつけば、最近、短いメッセージのやり取りが普通になって、大事なことも短くまとめてさっさと送る、そんなふうになってしまっていました。でも、ほんとうに伝えたいことは、百字かそこらの文字数では伝えられないはず。それも、大切な友だちに大切なことを伝えるのにちゃんと手紙を書かずにどうするんだ、と自戒を込めてしたためています。

ほんとうは、会って話すのがいちばんだとわかっています。だから、これはナガラと再会するための手紙です。

紅葉の季節になると、いつも決まって思い出す場所があります。伊豆、修善寺温泉。覚えているかな、あれはもう十年以上もまえのことになるよね。

憧れのオーベルジュがあって、早くから予約して、一緒に行くのを楽しみに仕事を頑張っていた。けれど、結局、行ったのは私ひとり。ナガラのお母さんが倒れてしまって、どうしてもナガラはそばを離れることができなかった。そんな大変なときに、さすがにひとり旅なんかする気になれず、当然、キャンセルするつもりでした。そしたら、ナガラが背中を押してくれたんです。

行ってきてよ。あたしも一緒に行くから。心だけは。

あの言葉を連れて、私はあの宿へ出かけました。ひとりだったけど、ひとりじゃなかった。心には、ずっとナガラがいました。

すばらしい宿でした。露天風呂の湯船に浸かりながら、目の前に広がる山の紅葉を眺めていました。冴えざえと燃え上がる紅葉が、目を閉じればいまも鮮やかに蘇ります。シェフと絶妙な距離感のカウンター席での夕食も、地元の野菜をふんだんに使った朝食も、すべてが美味しかった。やさしい夜の雨がかもし出す静寂に包まれてぐっすり眠ったことを覚えています。そしてナガラのお母さんへ手紙を書いたことも。

お母さんと、私の母と、ナガラと、私。いつか四人で旅をしましょう。あのときの手紙に書きました。その後、あの手紙についてナガラに尋ねたりはしなかったけど、あなたのもとに届いて、お母さんとふたりで読んでくれたと信じています。

一方的な約束でした。いつかきっと、二組の母娘、四人で修善寺を旅しよう。かなえたい、かなえばいいと願っていました。

残念ながら、かなえることはできなかったけれど。

ひとつ、提案があります。

ねえナガラ。もう一度、旅に出ようよ。

もしかすると、ナガラは私の現状を慮って、「私らは旅を卒業しよう」と言いたかったのかもしれません。

私を旅に連れ出すことで、私の母に心配をかけるとか、もっと言うと、母の最期に間に合わない結果を招いてしまうとか、そうなったら取り返しがつかないとか、そんなふうに思っているのかもしれません。

でもな、ナガラ。私、今日、母に話したんよ。ナガラと旅に行ってもええ？　って。ナガラを元気づけたいねん、それには一緒に旅するのがいちばんや、って。

そうしたらな、うちの母、「また、おまんじゅう買うてきてや」だって。もう、「くいしん坊！万才」かと思った。我が母ながら、ちょっとあきれています。

で、正直に書くね。いまの私には、十年まえにひとりで泊まったあの憧れの宿に泊まれるほどの財力はありません。それどころか、新幹線で小田原まで行くのも苦しい。そんなお財布事情でナガラを旅に誘うなんて、結構とんでもないことだとわかっています。

でも、修善寺には、一泊二食付きでお値打ちの温泉宿もある。大阪から小田原まで高速バスを使っていけば、案外安く行くこともできる。超絶晴れ女の私たちふたりなら、きっとどこまでも広がる秋晴れの青空の下で旅ができる。それって、どんなことより贅沢なんだと思います。

この世界は旅するに値する。そう教えてくれたのは、ナガラでした。

だから、ナガラと一緒にもう一度、旅に出よう。人生を、もう少しだけ足掻こう。そう決めました。

十一月最後の金曜日、夜九時五十分大阪駅発小田原行きの高速バスに乗ります。小田原には、朝八時着。青空の下、ナガラとの旅を再開できますように。

ただそれだけを願っています。

旅友　ハグ

『ご乗車の皆さま、おはようございます。あと十分ほどで小田原に到着いたします。お目覚めに富士山をご覧ください。左手前方に見えて参ります』

　私の肩にもたれかかったまま、さも気持ちよさそうに寝息を立てていた女の子は、車内アナウンスの「富士山」のひと言を聞いたとたん、ぱっと目を覚ました。それに気づいて、私はカーテンを思い切り開けた。

「あ……富士山！」

　女の子が声を上げた。車内の乗客たちがいっせいに窓のカーテンを引いた。たちまち青空が車窓いっぱいに満ち溢れ、その中を富士山が悠々と横切っていった。

　バスは小田原駅停留所に到着した。女の子がさっと立ち上がり、網棚からトートバッグを降ろして私に渡してくれた。

「ありがとう」

　微笑んで私が告げると、女の子はにっこりと笑顔になった。

　最後に最高の笑顔を見せてくれた。私はたまらなく嬉しくなった。

　チケットやスマホの画面を運転手に見せてから、ひとりひとり、下車していく。

「富士山をありがとうございました。ナイスタイミングでした」

　私が告げると、「いやいや、いいお天気でよかったです」と運転手が笑って返した。

　全員が降りたところで、運転手がバスの脇腹のトランクを開けた。ひとつひとつ、荷

物を取り出す。私のリモワが出てきた。鈍い銀色に光るキャリーケースを引っ張って、

さて、と駅へ向かって歩き出した、そのとき。

「……ハグ、お疲れ」

のんびりした声に呼び止められて、振り向いた。

青空を背景に、ナガラが立っていた。ちょっと照れ臭そうな顔、泣き出す直前のようななんだか情けない笑顔。ベージュのコートを着込んで、長年の相棒、グレーのキャリーケースを携えて。

私らの旅を――と、友は書きかけのメッセージを送ってきた。

その続きを伝えるために、こうして私を待っていた。

私らの旅を、これからも続けよう。

人生を、もう少しだけ足掻こう。

解説

阿川佐和子

久しく女旅をしていない。新型コロナ騒動のおかげで自宅プラスアルファー以上の移動が叶わない状況が続いているせいだ。いや、今回のコロナ騒動以前から考えてみても、女ともだちとの気のおけない旅を、ずいぶん長い間していないことに、この小説を読んで気づかされた。

物語のヒロインであるハグとナガラのような、旅をするなら断然、彼女と！　と言いたくなる親密な友を、残念ながら私は持ち合わせていない。しかし、そのときどきに条件やタイミングや気心の合った女ともだちと旅をした思い出はたくさんある。

「波打ち際のふたり」を読みながら、ふと昔の光景が蘇った。ちょうどハグとナガラ同様、仕事と時間に追われて疲弊している年頃だった。「もういやだ！　リフレッシュしたい！」とわめいたら、当時スペインに短期留学をしていた女ともだちが応じてくれた。

「じゃ、休みを取ってスペインに来なさいよ」

ただボーッと過ごしたいという私の希望を考慮して、彼女はマドリッドから日帰りでマジョルカ島へ行く計画を立ててくれた。島に到着すると我々はレンタカーをして「ジョルジュ・サンドとショパンが暮らした村」を訪れることにした。私がハンドルを握り、友達が助手席で地図を見た。彼女の指示通りに運転していたはずが、途中で道に迷った。というより、先が行き止まりになった。

「どういうこと？」

「わかんないよ」

ナビなどない時代である。Uターンをしたり他の道を探ったり、さまざま試みるが、たどり着けそうにない。そのとき、ふと車窓の外に目をやると、こぢんまりとした美しいビーチが広がっているではないか。隣にはテラス席が海に突き出したレストラン。観光客がサングラスと水着姿で砂浜に寝転がり、真っ青な空と海の間で戯れている。その光景を見て私と友は顔を見合わせた。ほぼ同時に同じことを思いついたのだ。

「ここでいっか」

「そうだね、ここで楽しもう！」

そそくさと車を停めると我々は土産物屋に駆け込んで水着を買った。生涯一度のマジョルカ島の思い出は、名も知らぬビーチでうたた寝し、隣のレストランに砂だらけのまま移動して魚のスープを食べただけだったが、いまだに忘れられない贅沢な寄り道旅である。

旅先で友に言われた言葉が胸に突き刺さることがある。それは女二人ではなく、女学校時代の仲間六人の旅だった。目的地へ向かう列車内でお弁当を膝の上に乗せ、サラダドレッシングの袋の封を指先で切ろうとするのだが、なかなか切れない。つい隣席の友に、「これ、開かないんだけど」と訴えたら、彼女は私を一瞥したのち、言った。

「もう少し頑張りなさい」

「へ?」

「アガワはいつも、まわりの人に世話してもらう癖がついているでしょ。でも主婦って何でも自分で解決しないといけないの。電球替えるのも重い宅配便を運ぶのも。誰も助けてくれない。アガワも少し、自分で解決する習慣を身につけないと老後、生きていけないよ」

おっしゃる通り。メイクさんやスタイリストさん、編集者やディレクター。仕事を効率よく進めるためとはいえ、皆が私の世話を焼いてくれる。いつのまにか私は人を頼ることに慣れていた。そんな忠告を日常の場で言われたら、カチンときたかもしれない。でもここは旅の途中。見知らぬ景色と時間に追われぬ安心感に包まれたせいか、素直に身に染みた。

「はい、もう少し頑張ります！」

ドレッシング袋の切り込みを老眼鏡で見直して力を込め、ようやく開封に成功した。

ハグとナガラは性格が微妙に違う。ハグのほうがしっかりしていて、ナガラはどちらかというと暢気に見える。しかし、いざというとき、的確な一言を親友に告げて友を目覚めさせるのは、たいがいナガラのほうである。

「大丈夫。イケるって」

「人生を、もっと足掻こう」

「ええなあ。お母はん、かわいい。子供みたいやん。ハグが子供だったとき、きっとお母はんもおんなじようにしてくれたんと違う？」

メール上で、旅館の料理を頬張って、はたまた「おやすみ」と声を掛け合ったあと、漆黒に包まれた寝室の天井を見上げながら……。友の言葉を胸にしまって温泉に浸かり、窓に広がる夕景を眺め、見知らぬ人々の動きや車窓を過ぎゆく景色を望み、心を整理する。こんな山の奥にも人の営みがある。この人たちも家族を思いながら旅をしている。

無言の風景を眺めるうち、きっとハグは気づいたはずだ。

「私の悩みなんて、ちっこいな」

「地球はこんなに広いんだ。くよくよしている場合じゃない」

なぐさめる側ばかりに立つと見受けられるナガラも同様、旅の友の大切さをいつも噛みしめ、どれほど自らがハグとの旅に救われているかを知っている。

「ねえ、ハグ。私ら、女に生まれてよかった。そう思わへん？」

旅の終わりにナガラがそう語りかけるシーンがある。「なんやの、それ」とハグが聞き返すと、

「だってさあ。もしも私ら男同士やったらどう？　こんなふうに一緒に旅に出て、温泉宿に一緒に泊まったりでけへんのと違う？」

私は思わず膝を叩いた。不思議なことにそれは事実である。加えて女ともだちとの旅では、スッピンもオーケー。食べ過ぎ飲み過ぎ寝過ぎも問題なし。問題があったときはあっけらかんと指摘し合えばいい。ときに現地で訪れたい場所が異なれば、それぞれに行動することも許される。気遣いや遠慮や気取りはホテルの金庫にしばらくお預けだ。

私はずっと、旅に行くなら趣味の違う友を選ぶのがいいと思っている。趣味や性格の近い友と旅をすると、旅先にて、ほんの些細な意見や要望の食い違いでギクシャクする場合がある。しかし最初から「目的地でしたいこと、行きたい場所はまったく異なる」と思っていれば、過度な期待をしないですむ。

「私は今日、美術館に行きたいんだけど」

「私は買いたいものがあるからブランド街に行く。じゃ、夕方、ホテルで落ち合おう」

別行動したいほどの希望がなければ、彼女の行きたい場所にくっついていく。すると、思いも寄らぬ収穫があったり、知らなかった場所に行けたりして、こよなく得した気分になる。趣味の似通った友達との旅だったらそんな想定外の感動は味わえなかったにちがいない。

アート小説家として名高く、美術に造詣の深いこの小説の著者と旅をしたら、それこそ自分の知らない世界をどれほど教えてもらえるだろうかと想像する。本書にも、原田マハらしい魅力的な美術館の描写がところどころに垣間見える。

ことに、ハグとナガラが学生時代に倉敷の大原美術館の工芸館を訪ねた場面を思い出すくだりは印象的だ。たちまち自分が大原美術館を初めて訪れたときのことを思い出した。ちなみに私の忘れられない絵画はビュッフェの「アナベルの像」である。それはともかく、ナガラにとって工芸館の思い出は、

「なんていう人が作ったものか、もう忘れてしもうてんけど、ガラスケースの中に展示してあった小さな陶器、蓋つきの入れ物で、青い家の絵が描いてあってん」

作者が誰だか知らない陶器をナガラはその後、ずっと忘れることなく大事に心にし

まっている。一方のハグはそれがイギリス人陶芸家バーナード・リーチの作品であることを知っていた。二人の温度差のある印象が、むしろ旅の醍醐味を表しているように思われる。

旅は知識や教養を深めるためだけのものではない。まして同伴者と意見を同じくする必要もない。同じ空気を吸い、同じ景色を見つめ、同じ経験をし、日常から解放されたからこその大いなる感動をたっぷり蓄え、そしてなお、静寂の中で自らの内に改めて語りかけるためのものなのではなかろうか。

どこかへ旅をしたくなった。しばらく海外旅行ができないとするのなら、せめてこの小説に登場するような、全裸でテラスへ出て燃え上がる紅葉のベールに包まれるような部屋に泊まりたい。波打ち際ぎりぎりに建っている宿もたまらなく魅力的だ。浴槽の縁と海景とが重なって見える絶妙な設計になった石造りの大浴場に入って、いましも落ちんとする夕日を眺めたら、どんなに心がスカッとするだろう。ふと周囲を見渡して、ハグと同じことを思うのもいいだろう。

「あたりまえだけれど、いま、ここにいるのは女性ばかり。それぞれに、どんな人生を送ってきたのだろう」

そういう思いに心が向いたとき、きっと自分もまだしばらくは元気に生きていけると確信するにちがいない。

（エッセイスト・作家）

協力
長尾佳美
いざさ芳子

カバー絵　ジェーン・デュレイ「ハグとナガラ」二〇二〇年
Cover : Jane Dulay, Hug and Nagara, 2020
website : Jforjane.com　instagram : JaneLDulay　FB : Janedulay

本書は文春文庫オリジナルです。

出典
「旅をあきらめた友と、その母への手紙」（『さいはての彼女』二〇〇八年　KADOKAWA刊）
「寄り道」（『星がひとつほしいとの祈り』二〇一〇年　実業之日本社刊）
「波打ち際のふたり」（『あなたは、誰かの大切な人』二〇一四年　講談社刊）
「笑う家」（「オール讀物」二〇一七年十月号）
「遠く近く」（同右二〇一八年十月号）
「あおぞら」（同右二〇二〇年一月号）

DTP制作　エヴリ・シンク

文春文庫

ハグとナガラ

定価はカバーに
表示してあります

2020年10月10日　第1刷
2023年10月10日　第6刷

著　者　原《はら》田《だ》マハ
発行者　大沼貴之
発行所　株式会社　文藝春秋

東京都千代田区紀尾井町 3-23　〒102-8008
TEL　03・3265・1211㈹
文藝春秋ホームページ　http://www.bunshun.co.jp

落丁、乱丁本は、お手数ですが小社製作部宛お送り下さい。送料小社負担でお取替致します。

印刷・TOPPAN　製本・加藤製本

Printed in Japan
ISBN978-4-16-791571-1